AF206311

Für Hansruedi Senn

Meinen Organisten, Fahrlehrer und Freund

Hansruedi, du lebst nicht mehr unter uns,
jedenfalls nicht sichtbar,
doch du hast nicht
aufgehört, mich zu ermutigen,
endlich Bücher zu schreiben.
Du ermutigst mich immer noch.

Marcel Dietler

Pilatus

Die letzten Stunden des Statthalters von Helvetien

Bibliografische Information der Deutschen Nationalbibliothek: Die Deutsche Nationalbibliothek verzeichnet diese Publikation in der Deutschen Nationalbibliografie; detaillierte bibliografische Daten sind im Internet über http://dnb.dnb.de abrufbar.

Umschlagfotos: Fabio Walser CC BY-SA 3.0

Layout und Lektorat: Urs und Kathrin Meier

Herstellung und Verlag: BoD – Books on Demand, Norderstedt

ISBN: 978-3-7504-0339-0

Inhaltsverzeichnis

Vorwort

Ein Buch über Pilatus – Pilatus, den Berg, und Pilatus, den römischen Statthalter. Für mich, der ich in Luzern aufgewachsen bin und den mächtigen Berg täglich vor Augen hatte, ist die Verbindung dieser beiden Pilatusse nicht neu: In der Zentralschweiz kennt man die Erzählung aus dem Hochmittelalter, wonach Pilatus' Leiche in einem Bergsee des Fractus Mons – so hiess der Berg im Mittelalter – liege. Weil seine Seele rund um den Berg spuken soll, war es lange gar verboten, das Pilatusmassiv zu besteigen. Noch heute sagen manche, wenn man etwas in den See werfe, breche ein heftiges Unwetter aus, und am Karfreitag hole der Teufel den Pilatus aus dem See und setze ihn auf einen Thron, damit er seine Hände erneut in Unschuld waschen könne. In einer spanischen Legende wird sogar ergänzt, dass Judas Ischariot bei all diesem Tun am Bergsee als Knecht von Pilatus wirke. Judas hat denn auch seinen Auftritt in Marcel Dietlers Pilatusroman.

Die Pilatussage ist die Grundlage dafür, dass im Verlauf der Jahrhunderte rund um das Pilatusmassiv eine reiche und kunsthistorisch interessante Sakrallandschaft mit Kapellen, Kirchen und Klöstern entstand. Die Häufigkeit von Unwettern über dem Pilatusmassiv ist statistisch belegt. Heute hat die Meteorologie dafür fundierte Erklärungen. Im Mittelalter kannte man diese aber natürlich nicht, sodass man zum Schutz der Menschen und Siedlungen zahlreiche Sakralbauten erstellte.

Es gibt eine Vielzahl unterschiedlicher Legenden rund um den Statthalter. In frühchristlichen Erzählungen des Kirchenschriftstellers Tertullian etwa bekennt sich Pilatus nach dem Tod Jesu zum Christentum und stirbt selbst am Kreuz. Das mag wohl ein Grund dafür sein, dass die koptische Kirche ihn und seine Gattin als Heilige verehrt und jährlich am 19. Juni seiner gedenkt. Anders als bei den übrigen christlichen Kirchen ist der Statthalter Pilatus bei den Kopten also positiv besetzt – eine für uns fremde

Interpretation. In einer Schrift über koptische Heilige lese ich, dass Jesus ohne den Verrat durch Judas Ischariot und die Verurteilung durch Pilatus wohl nicht als Märtyrer am Kreuz gestorben wäre. Somit gäbe es weder den Tod am Karfreitag noch die österliche Auferstehung. Diese Auslegung mag uns skurril scheinen – rational ist sie allerdings schon. Auch wenn wie sie vielleicht als unmenschlich empfinden, etwas Wahres hat sie.

Mit seinem Buch *Die letzten Stunden des Statthalters von Helvetien* nimmt Marcel Dietler Wahrheiten, Halbwahrheiten und auch die Interpretation der Kopten auf und verarbeitet sie zu einer lesenswerten und unterhaltsamen Legende. Als reformierter Pfarrer kennt er seine Theologie; er kennt die Passionsgeschichte und die Entstehung des Christentums. Genau wie er in seinen Predigten und Gedankengängen immer einen starken Bezug zu den Menschen, zum Alltag und zur persönlichen Befindlichkeit sucht, sind auch die Geschehnisse der vorliegenden Geschichte tief im richtigen Leben verankert.

Wir leben in einer Zeit des Umbruchs und der Veränderung. Vieles ist nicht mehr einfach gegeben, vieles wird hinterfragt. Die Religionen sind davon überdurchschnittlich stark betroffen. Das gibt Raum für Interpretation. Diese Legende kann – abgesehen von ihrem Unterhaltungswert – auch zu neuen, vielleicht tieferen Erkenntnissen führen, weil Interpretationsspielraum immer auch zum Nachdenken animiert.

September 2019

Fridolin Schwitter, Frater Familiaris
Kapuzinerinnenkloster Notkersegg, St. Gallen

Kapitel 1
Wenn Steine singen

Die Vögel waren verstummt. Die Natur hatte sich zur Ruhe gelegt. Ein leiser Wind kräuselte die Oberfläche des Sees. Fische schnappten nach Mücken. Am Himmel funkelten die ersten Sterne. Über den unheimlichen schwarzen Bergen ging ein voller Mond auf. Von dessen Schein noch völlig unberührt, hüllte sich ein mächtiger Felsenriese in die Nacht wie in einen Mantel. Schwarz und drohend blickte er auf die schlafende keltische Fischersiedlung und das benachbarte römische Militärzeltlager.

Zwischen dem Fischerdorf und dem Heerlager ging der wachhabende Legionär auf und ab. In den Hütten und Lagerzelten erloschen die letzten Lichter. Einzig das Militärzelt des Prokurators wurde vom sanften Schein eines Öllämpchens schwach erhellt.

Die Zelte der römischen Hauptleute unterschieden sich erheblich von den *Tabernacula* der gewöhnlichen Legionäre: Den Offizieren in ihren Einzelzelten stand ein zusammenklappbares Bett mit hochgestelltem Kopfende zur Verfügung, die Legionäre dagegen schliefen in Zeltgemeinschaften von acht Männern in ihren Mänteln auf Stroh. Pontius hatte dank seiner Stellung als Statthalter sogar ein *Lavabrum*, eine Badewanne, mitführen lassen. In *Aventicum*, dem Verwaltungszentrum von Helvetien, wohnte er in einer Villa mit Fussbodenheizung und eigenem Bad. Er liebte aber auch das öffentliche Bad, das er hatte errichten lassen. Bei entspanntem Baden und wohltuender Massage konnte man sich mit intelligenten Hauptleuten, Händlern, Handwerkern und Schamanen austauschen. Pontius war ein äusserst aktiver Statthalter. Besonders stolz war er auf sein Amphitheater. Dessen Bau war ein kluger politisch-militärischer Schachzug gewesen – Legionäre brauchten Brot und Spiele, um bei Laune gehalten zu werden, und es galt schliesslich, das römische Reich gegen eindringende Germanen zu verteidigen. Einer ihrer Unterstämme, die vor anderen Stämmen flüchtenden Alemannen, war bereits in Helvetien aufgetaucht. Der Statthalter hatte damit begonnen, die Flüchtlinge in undurchdringlichen Urwäldern, in Sumpflandschaften sowie in Felswüsten am Fuss todbringender Gletscher anzusiedeln. Den arbeitsamen, mit wenig zufriedenen Alemannen war es gelungen, selbst jenen Böden einen Ertrag abzuringen, auf denen etwas anzupflanzen vor ihnen nie jemand auf den Gedanken gekommen wäre.

Die Alemannen sprachen noch kein Latein. Die helvetischkeltische Urbevölkerung dagegen hatte sich der römischen Besatzungsmacht weitgehend angepasst. In *Aventicum* sprachen die Helvetier fast nur noch Latein. Zwar ein Vulgärlatein, aber immerhin Latein. Am derzeitigen Aufenthaltsort des Römers – als Statthalter war er oft unterwegs – mitten in der Wildnis, am Ausgang des krakenartig vielarmigen Sees, schienen die helvetischen Fischer eher die kehlige Sprache der eingewanderten alemannischen Waldarbeiter übernehmen zu wollen. Pontius sprach ein einigermassen verständliches Keltisch, mit dem gutturalen Alemannisch dagegen hatte er Schwierigkeiten. Die Waldarbeiter brachen in Gelächter aus, wenn der vornehme Römer den Namen der alemannischen Köhlersiedlung Chriesiburg auszusprechen versuchte.

«Kriensipuck.»

«Nicht Kriensi, hochverehrter Statthalter», korrigierte der Siedlungsälteste, «Chriesi, wie diese Frucht hier.» Er spuckte in elegantem Bogen einen Kirschkern aus. «Chriesi – unsere Siedlung ist von Kirschbäumen umgeben. Chriesiburg... Da, nimm.» Er bot dem Römer eine Handvoll Kirschen an. «Behalt den Kern unter der Zunge und sprich mir nach: Chriesi, Chriesiburg.»

«Kriens, Kriensipurg», wiederholte der Prokurator.

Die Alemannen lachten. «Purg war gar nicht so schlecht. Und Kriens mit südländischem Charme ausgesprochen tönt eigentlich viel schöner als Chriesi.»

Pontius fand überall leichten Zugang zu den Kelten und den Alemannen. Seit die Römer im Land waren, ging es der Bevölkerung wirtschaftlich viel besser. Sie fühlten sich zu einem grösseren Ganzen gehörig. Sie bewunderten die Römer, sie wollten sich integrieren, wollten selber Römer sein.

Es war das Anliegen des Statthalters, den Handel zwischen Norden und Süden zu fördern. Säumer brachten die Waren aus dem Süden über die Alpen und umgekehrt. Die Römer hatten bereits mehrere Saumpfade ausgebaut. Der Saumpfad von *Mediolanum* in die *Vallis Poenina*, über den *Summus Poeninus Simplon* zum *Lacus Lemanus* und von dort nach *Aventicum* war die am besten erschlossene Route, doch selbst auf dieser lauerten Gefahren. Ohne die Hilfe der Götter fühlten sich die Säumer den Launen der Natur schutzlos ausgeliefert. Sie hatten auf der Höhe des *Summus Poeninus* einen Jupitertempel errichtet, denn es war ihnen ein natürliches Bedürfnis, Jupiter nach dem schwierigen Aufstieg für die Bewahrung zu danken und ihn um den Segen für den Abstieg zu bitten.

Die Saumfuhr von *Mediolanum* in die *Vallis Poenina* dauerte in der Regel sieben bis neun Tage. Laut unbestätigten Gerüchten gab es zwar eine kürzere Verbindung von *Mediolanum* in den Norden, diese führte jedoch über den *Adula Mons*, über den sich nur lebensmüde Säumer wagten. Weil Säumer auf dem Saum des Todes, wie der unbekannte Pass genannt wurde, spurlos verschwunden waren, wurde er gemieden, seine Existenz sogar bezweifelt. Da eine kürzere Route aber den Handel fördern würde, beschloss Pontius, der Sache nachzugehen und den unbekannten Pass, falls es ihn denn gab, dem Nebel der Ungewissheit zu entreissen. Mit einem Expeditionstrupp von zwölf Männern, darunter ein Arzt, und ebenso vielen Maultieren war er aufgebrochen. Die Mission war erfolgreich gewesen; sie erbrachte den Beweis der tatsächlichen Existenz des Passes. Nach den Berechnungen des Prokurators war der Todessaum in der Tat um einiges kürzer als der ausgebaute Saumpfad über den *Summus Poeninus Simplon*.

Ohne den Ausbau durch römische Ingenieure würde allerdings das Säumen auf der kürzeren Route mehr Zeit in Anspruch nehmen als das Säumen über die längere Route. Zwei volle Wochen hatte das Durchreiten und Durchklettern der kürzeren Verbindung von den norditalienischen Seen im Süden zum vielarmigen Krakensee im Norden dem kühnen Statthalter und seinen Leuten abverlangt. Der schmale Unpfad führte zunächst durch Kastanienwälder, später an gähnenden Abgründen vorbei. Gefahrenbewusste Esel wären stehen geblieben und hätten keinen Schritt weiter gemacht, doch mit Maultieren hatten sich der Statthalter und sein Forscherteam vorsichtig vorwärtsgekämpft. Sie hatten schmerzliche Verluste zu beklagen. Einen ersten Forscher verloren sie bereits auf der weniger gefährlichen Südseite, als dieser, das Lasttier über eine schmale Felskante schiebend, ausglitt, abstürzte und das Tier mit sich in die Tiefe riss. Als der begleitende Arzt, an Seilen gesichert, zu dem Verunglückten hinabstieg, konnte er nur noch dessen Tod feststellen. Das Unglück mit dem Forscher war allerdings nur der Auftakt zu einem noch grösseren Drama. Auf der Passhöhe gerieten sie in einen furchtbaren Sommerschneesturm. Ein scharfer Wind nahm ihnen den Atem, drang mit nasser Kälte bis auf ihre Knochen und peitschte ihnen den Schnee in Nase, Mund und Augen. Wiederum verloren sie einen Mann und zwei Maultiere. Als es endlich zu schneien aufhörte, kam der Nebel. Volle drei Tage mussten sie an ein- und derselben Stelle ausharren. Wer sich auch nur wenige Schritte vom Lager entfernte, um die kleine oder grosse Notdurft zu verrichten, musste damit rechnen, in den Tod zu stürzen. Eis- und Schneelawinen donnerten in unmittelbarer Nähe in die Tiefe. Als sich der Nebel am vierten Tag endlich hob, erschraken sie erst recht, weil sie nun klar erkennen konnten, in was für Gefahren sie sich befanden. Mit Grauen dachte Pontius an die schier unüberwindliche *Scalineaschlucht*, durch welche die *Rusa* wie über *Scalae* – Treppen – brüllend hinabschoss. War es überhaupt möglich, hier eine Brücke zu bauen? Die Römer hatten zwar eine hohe Brückenbautechnik entwickelt. Doch zweifelnd schauten die Forscher in die Tiefe.

«Nur Götter können hier eine Brücke bauen», meinte einer.

«Oder der Teufel», seufzte ein anderer.

«Oder ich», verkündete der Statthalter mit fester Stimme. «Ich werde es tun.» Das Forscherteam überwand die Schlucht mit viel Rutschen, den Tod vor Augen.

Zurück in *Aventicum* verlor Pontius keine Zeit. Im heissen, dampfenden Bad besprach er sich mit seinen Ingenieuren. Noch im selben Sommer liess er zwei Experten zwischen den Felsen der Scalinea herumklettern und Berechnungen anstellen. Ihr Bericht war allerdings niederschmetternd: «Das Unternehmen ist undurchführbar.»

Er gab sich indessen nicht geschlagen. Eines Tages würde es gelingen. Und darum musste rechtzeitig der Ausbau der Anschlusswege an die Hand genommen werden. Dazu gehörte die Schiffbarmachung des gefährlichen Sees mit seinen bedrohlichen Krakenarmen.

Der Ausbau der Anschlusswege war der Grund, warum sich der Prokurator von Helvetien in jener Vollmondnacht nicht in seinem geliebten *Aventicum* befand, sondern in der unwirtlichen Berggegend mit dem drohenden Felsenriesen am Ausgang des Krakensees. Mit der *Rusa*, die nach der Durchquerung des Sees durch freundlichere Gegenden floss, manchmal fröhlich wirbelnd, manchmal wütend Bäume mitreissend, hatte er bereits auf seiner Forscherreise Bekanntschaft gemacht. Sie war es, welche mit ihrer Schlucht dem Handel den Weg versperrte. Sie war die Feindin, welche es zu überwinden – oder die Freundin, welche es zu lieben galt.

Der Krakensee, als treues Kind der wilden *Rusa*, wurde oft von unerwarteten, heftigen Stürmen heimgesucht. Pontius entwarf

Pläne für einen Leuchtturm, eine sogenannte *Lucerna*, deren Licht die Schiffe auch nachts in einen sicheren Hafen leiten sollte. Sein Aufenthalt war bereits sein zweiter in *Lucerna*, wie er die Fischersiedlung im Blick auf den werdenden Turm bereits nannte. Er wusste nicht, dass es sein letzter Besuch sein würde. Die Arbeiten an dem schönen runden Steinturm schritten gut voran. Eigentlich hätte er zufrieden sein können. Aber es kam anders.

In der Nacht mit dem vollen leuchtenden Mond warf sich Pontius auf seinem *Lectus* am Fusse des unheimlichen Felsenriesen unruhig hin und her. In Vollmondnächten quälten ihn die Geister der Vergangenheit ganz besonders. Er vermisste seine Gemahlin Claudia, ihren Trost, ihren warmen Körper. Er würde ihn ein Leben lang vermissen. Claudia Procula war im fünften Jahr seiner Tätigkeit als Statthalter in Helvetien gestorben. Er hatte ihren Tod als Strafe empfunden. Warum hatte ausgerechnet die wunderbarste aller Frauen die Todesstrafe erleiden müssen, welche die Götter doch für ihn bestimmt hatten? Die Götter hatten ihn in die Wildnis im Norden geschickt, um ihn zu bestrafen. Seine Beförderung ins Statthalteramt von Helvetien war eine Verbannung gewesen – für das, was er getan hatte, hätte Kaiser Tiberius ihn zum Tod verurteilen können.

Zuvor war Pontius Statthalter in Syrien gewesen. Der kranke Kaiser hatte von ihm verlangt, einen berühmten Heiler aus Judäa nach Rom zu bringen, doch die Aufforderung war zu spät gekommen. Pontius hatte den Mann aufgrund von offensichtlich falschen Anschuldigungen ein Jahr zuvor hinrichten lassen. Persönliche Feinde hatten dem Heiler vorgeworfen, einen Aufstand gegen Rom geplant zu haben; Pontius war sich der Unschuld des Angeklagten voll bewusst gewesen. Der an Wassersucht leidende Kaiser war ausser sich vor Wut, als er von der Hinrichtung des unschuldigen Schamanen erfuhr, von dem er sich Heilung erhofft hatte. Ein klarer Fall von Justizmord, der bestraft werden musste. Doch Claudia hatte das Schlimmste abgewendet. Sie hatte versprochen, dem Kaiser mit Massagen zu helfen – mit einer Handauflegung, wie sie es nannte. Der Kaiser, der in seiner Not nach jedem Strohhalm griff, hatte das in seinen Augen törichte Weiberangebot angenommen. Bereits nach wenigen Massagesitzungen war es ihm besser gegangen. Das Wasser schien buchstäblich aus ihm herausfliessen zu wollen. Tiberius verlor an Gewicht, er konnte wieder normal atmen und auch wieder gehen. Er gedachte Claudia reichlich zu belohnen. Doch diese lehnte dankend ab, weil, wie sie sagte, nicht sie geheilt habe, sondern der hingerichtete Heiler, dem sie lediglich die Hände zur Verfügung gestellt habe. Der Kaiser verstand zwar kein Wort von dem, was Claudia erzählte, doch suchte er nach einem anderen Weg, um die Gattin eines fehlbaren Statthalters zu belohnen. In die ursprüngliche Wirkungsprovinz konnte Pontius nicht zurückkehren, dort war sein Nachfolger bereits eingetroffen. Der Kaiser betraute ihn deshalb mit einer neuen Aufgabe im wilden Norden der Alpen.

In *Aventicum* liess es sich nach einigen baulichen Massnahmen einigermassen leben. Die Vergangenheit liess ihn, solange Claudia an seiner Seite war, mehr oder weniger in Ruhe. Doch die Götter hatten ihm Claudia entrissen, und jetzt befand er sich am Krakensee in quälender Vollmondnacht. Der Schlaf mied ihn. «Claudia, o Claudia», stöhnte er. Er warf sich hin und her. «Ich werde deinen Mund nie wieder küssen, deine Hände nie wieder spüren, nie mehr in deine wunderbaren Augen blicken.»

Schon war sie wieder da, die peinigende Erinnerung, Claudias Stimme, ihr Duft, die wunderschönen Augen liebend und warnend auf ihn gerichtet, ihre Worte: «Liebling, *mi Amor*, tu das bitte nicht, werde nicht schuldig am Tode dieses unschuldigen, einmaligen Menschen. Mir hat schlecht geträumt. Rette ihn! Er hat nichts gegen Rom getan! Im Traum habe ich gesehen, wie du dich seinetwegen ein Leben lang quälen wirst.»

Seine geliebte Frau hatte recht gehabt mit ihrer Warnung. Er litt unter Albträumen. Träume, die sich Nacht für Nacht wiederholten. Der furchtbare Traum begann stets mit Claudias Bitte: «Tu das nicht.» Und dann kam immer ER; nicht anklagend, sondern liebevoll. Sein Mund formte stumm das Wort Wahrheit. Immer an diesem Punkt fuhr Pontius hoch und schrie: «Was ist Wahrheit?» Wie gut war es dann, Claudias Arme zu spüren und ihre Stimme zu hören, die beruhigend sagte: «Die Wahrheit ist, dass ich bei dir bin.»

Kinder waren dem Prokurator und seiner Gattin keine geschenkt worden. Dreimal hatte Claudia ein Kind während der Schwangerschaft verloren, und die dritte Totgeburt hatte sie dann das Leben gekostet. Ihren Tod hatte Pontius nie überwinden können. Seine Seele blieb krank. Nach dem Tod der Liebe seines Lebens waren die Albträume wieder schlimmer geworden. Es gab keine liebenden Arme und keine beruhigenden Worte mehr. Die Albträume waren auch der Grund dafür, dass er auf seinen Reisen stets ein *Lavabrum* mit sich führte. Schweissgebadet, wie er nach den Träumen immer war, musste er sich dann mitten in der Nacht waschen, vor allem die Hände – immer wieder die Hände. Manchmal tauchte er den Kopf unter Wasser und stellte sich vor, er sei ertrunken und alle Schuld sei von ihm abgewaschen. Am Tag versuchte er die Nachtgespenster in Arbeit zu ertränken. In *Augusta Raurica* hatte er ein weiteres Amphitheater bauen lassen. Sein Strassennetz durch Helvetien hatte die höchste Anerkennung durch den Kaiser erhalten.

Die Arbeit war ihm eine grosse Hilfe. Solange er sich mit Arbeit ablenkte, brauchte er nicht die Bilder in seinem Innern zu sehen oder die vielen Stimmen zu hören. Sobald es jedoch still wurde um ihn, begann er mit offenen Augen zu träumen. Er sah sich als Kind, voller Angst vor dem strengen Vater, aber auch getröstet vom seinem liebevollen Sklaven; er sah den Kaiser im Kolosseum; er träumte davon, wie er seine geliebte Claudia kennengelernt hatte; er wiederholte die Gerichtsurteile, die er gefällt hatte und liess in Gedanken dieselben Menschen immer wieder hinrichten. Einiges in seinen Tag- und Nachtträumereien war sogar angenehm, aber dann stand immer wieder ER vor ihm, immer wieder ER – ER – ER – ER!

Dank dem unermüdlichen Forschen, Planen und Schaffen waren die Albträume endlich seltener geworden. Am Tag hatten sie völlig aufgehört. Mit Hilfe von Baldriantee konnte er manchmal ganze Nächte durchschlafen, und wenn die Träume doch auftraten, so hatten sie wenigstens an Wucht verloren. Und nun auf einmal das! Zwei Neulucerner mit gutturaler Sprache waren es gewesen, durch die er erneut in tiefe Abgründe gestürzt worden war. Ihr gutturaler Gesang bei der Arbeit am Turm hatte seine Neugier geweckt. Wollten sie ihn begrüssen? Ihm war, er habe seinen Namen gehört.

«Was singt ihr für ein Lied?», hatte er sie auf Keltisch gefragt. «Wir singen von Jeschua», hatten sie auf Lateinisch geantwortet, «Jeschua, der vom römischen Prokurator Pilatus hingerichtet worden ist.»

Wie ein glühendes Schwert war die Nennung des Nazoräers durch seine Seele gefahren, noch dazu in Verbindung mit dem unterdrückten Teil seines eigenen verdammten Namens. «Mein voller Name ist Aurelius Pontius Pilatus», hatte der Prokurator laut gebrüllt und war davongestürmt, in sein *Tabernaculum*, wo er das *Lavabrum* verzweifelt – und angewidert von sich selber – mit Wasser füllte und sich wusch, den ganzen Körper, vor allem aber die Hände, immer wieder die Hände. Nun lag er auf seinem Lager und wälzte sich.

«Jeschua Messias, gekreuzigt durch Pontius Pilatus», hatten sie gesungen.

In dieser gottverlassenen Wildnis, abgeschnitten vom schönen Teil der Welt durch die furchtbare Alpenwand, tausende von römischen Meilen von Jerusalem entfernt, erwähnten Bauarbeiter in Liedern den Namen Pilatus, den Namen, den er seit jenem furchtbaren Gerichtsurteil nie mehr gebraucht hatte. In Judäa hatte er sich stets Pilatus genannt, kaum je Pontius Pilatus, und schon gar nicht Aurelius Pontius Pilatus. Den ersten Namen hatte er weggelassen, damit er nicht an den Pater Familias denken musste, der ihn immer Aurelius genannt hatte. Um das Kämpfen und Ringen in seiner Seele im Zaum zu halten, hatte er nach seiner Abberufung aus Judäa dann auch den Namen Pilatus nicht mehr gebraucht. Doch nun war der mit Blutschuld beladene Name wieder aufgetaucht. Aurelius hatte nie wie sein Vater werden wollen – und das war er auch nicht: Er war noch schlimmer geworden! Der Sohn des furchtbaren Vaters hatte den Menschen, den einzigen Menschen, der die Bezeichnung Mensch verdiente, hinrichten lassen! In diesem Mann war die Menschheitssonne aufgegangen, und er, Pilatus, hatte diese Sonne ausgelöscht. Die ganze Welt wusste es. Die Juden wussten es, der Kaiser wusste es; und jetzt sangen es sogar die Kelten am Turm. Stein um Stein aufeinanderschichtend und mit Mörtel verfestigend, sangen sie: *«Gekreuzigt durch Pilatus»*.

«Claudia, o Claudia! Ich hasse ihn! Ich hasse, hasse, hasse ihn – liebe ihn – hasse ihn. Er verfolgt mich. Ist das die Auferstehung? Eine Auferstehung, die mich verflucht! O Claudia, so hilf mir doch! Ich ersticke. Ich brauche Luft!»

Pontius sprang von seinem Lager auf und riss die Zelttüre auf. Er holte tief Atem. Doch was war das? War nicht der Mond heller als sonst? Und diese Fratze im Mond! Schrie sie nicht: *«Gekreuzigt durch Pilatus!»*? Und schrie nicht auch der Felsenriese: *«Gekreuzigt durch Pilatus!»*?

Pontius liess den Zeltvorhang zurückfallen. Am Fussende des *Lectus* stand eine Tonamphora mit Wein, Wein aus den Weinbergen von *Aventicum*. Auch die Weinberge waren das Werk des Statthalters. Ihm war es gelungen, in dem kalten Land Reben zu ziehen, die einen Wein von erstaunlicher Qualität ergaben. – Nicht so gut wie der von Jeschua an der Hochzeit von Kana aus Wasser gezauberte Wein.

Verflucht nochmal! Jeschua – da war er wieder, dieser Name! Jeschua und sein Wein! Ach, dieses Auftauchen des Heilers selbst beim Weintrinken!

Mit zittrigen Händen füllte Pontius die Schale. «O Claudia, kann ich nicht einmal Wein trinken, ohne an ihn zu denken? Jeder Schluck Wein weckt in mir die Erinnerung an die Diskussionen zwischen dir und mir über das Mirakel von Kana. 'Das Weinwunder ist ein in unserer Zeit entstandenes Trinkermärchen. Wasser lässt sich nicht in Wein verwandeln; das habe ich dir hundertmal gesagt.' Du hast mir lächelnd entgegengehalten, dass grundsätzlich jeder Wein verwandeltes Wasser sei. Nur braucht es normalerweise viele Monate, bis aus dem Wasser, das als Regen auf die Erde fällt, Wein wird. Das Wasser steigt durch den Weinstock in die Trauben. Die Trauben werden von der Sonne liebkost, und wenn sie reif sind, werden sie geerntet und gepresst. Aus dem süssen Saft entsteht nach dem Gärprozess der Wein, der ursprünglich Wasser war. 'Wo liegt das Problem, lieber Mann?', hast du gesagt, 'Der Nazoräer hat schlicht und einfach den Naturprozess abgekürzt, ohne den Umweg über die Trauben.' – 'Claudia', habe ich dir immer entgegengehalten, 'ich bin nun einmal ein Mann mit strengem römischem Verstand. Mir sagt der Verstand, dass bei dem Weinmirakel Hypnose im Spiel war, Massensuggestion. Dein Jeschua ist ein geschickter Hypnotiseur. Die Hochzeitsgäste haben Wasser getrunken und das Wasser für Wein von höchster Qualität gehalten. Wenn, du, meine liebe Claudia, endlich deinen Verstand einschalten würdest...'»

Trotz seiner Not lächelte Pontius. Der Albtraum wurde zum Erinnerungsliebestraum. An diesem Punkt der Diskussion pflegte ihm die schönste aller Frauen den Mund mit Küssen zu verschliessen. «Ich vollbringe in diesem Augenblick ein Mirakel, das grösser ist als die Verwandlung von Wasser in Wein», flüsterte sie zwischen den Küssen, «ich verwandle soeben einen Rationalisten-Eisklotz in einen Vulkan.»

«Ich brenne ja schon, meine liebste Claudia, ich brenne lichterloh, ich brenne vor Verlangen nach dir. Lass uns das Lager aufsuchen.»

Doch die schönste aller Frauen stiess ihn schalkhaft zurück. «Nichts da, das Lager aufsuchen. Der Prokurator darf meine Kostbarkeit erst geniessen, wenn er auf Knien bekennt, dass der Heiler Wasser in Wein verwandelt hat.»

Der Statthalter liebte diese Stelle in seinem Gedankenspiel. Er pflegte vor Claudia niederzuknien und zu erklären: «Ich, Pontius, gebildeter Römer, Prokurator des Kaisers Tiberius, bekenne im Vollbesitz meiner geistigen Kräfte, dass der Heiler Wasser in Wein verwandeln kann.»

Pontius musste laut lachen. Es lief ihm wonnevoll kalt und warm über den Rücken. Die Erinnerung an Claudias Einladung liess nicht nur sein Herz anschwellen. Er legte sich nieder und griff mit der rechten Hand in den Schritt. «Liebe machen mit Toten? Wer wollte das dem Statthalter verwehren?», murmelte Pontius. «Sex findet vor allem im Kopf statt. Ein Mann kann bei seiner Frau liegen und an eine andere denken oder bei einer anderen liegen und an die eigene denken. Männer können das», stöhnte Pontius erregt, «sich mit einer Frau befriedigen, die gar nicht da ist.»

«Frauen können das auch», erwiderte die tote Claudia.

Pontius spielte an sich herum und kostete Claudias Worte: «Das Geständnis des gebildeten Römers öffnet das Tor zum Garten der Liebe. Der Prokurator möge den Garten seiner Sehnsucht betreten, die betörenden Düfte der leuchtenden Blumen einatmen und sich an seinen köstlichen Früchten erlaben.»

Mit einem Höhepunktschrei liess Pontius sich zurücksinken. Das Eintauchen in die Vergangenheit konnte wunderbar sein. Doch die Erinnerungswonne war nur von kurzer Dauer, denn Claudia sprach weiter, diesmal beschwörend: «Tu's nicht. Ich habe im Traum sehr gelitten.»

«Ich habe nicht auf dich gehört, Geliebte», stöhnte er, «ich habe ihn umgebracht!»

Der Albtraum der schönsten aller Frauen war wahr geworden. Er musste sich im Militärkochzelt einen Baldriantee kochen. Er wühlte in seiner Reisetruhe. Er führte das beruhigende Heilkraut immer mit sich. Er fand, was er suchte, und riss die Zelttüre auf. Der Mond war noch heller geworden. Das Licht schmerzte. Nein, dann lieber nicht zur Kochstelle laufen. Resigniert knöpfte er das Zelt wieder zu. Er ging zur Amphore und füllte die Schale. Er stürzte ihren Inhalt in einem Zug hinunter.

Auch Wein kann beruhigen. Oder eben nicht. Vor allem dann nicht, wenn der Weingenuss mit quälenden Erinnerungen verbunden ist: Wein, immer wieder dieser Wein – das Weinmirakel! Wieder ER!

Der Prokurator war überzeugt, dass sämtliche Wundertaten des Heilers auf Hypnose beruhten. Dass Hypnose echte Heilung bewirken kann, hatte er nie bestritten. Ein guter Hypnotiseur kann Wasser trinkenden Menschen suggerieren, dass sie einen besonders kostbaren Wein trinken. Schluck für Schluck liess sich Pontius die Geschichte des Weinwunders an der Hochzeit zu Kana durch den Kopf gehen. Den Gastgebern war der Wein ausgegangen. Eine grosse Schande für die gastfreundlichen Orientalen. Und da hatte Jeschua angeblich Wasser in Wein verwandelt. Claudia hatte diese Geschichte geglaubt. Er, Pontius, nicht.

Pontius genehmigte sich einen weiteren Schluck. Er nickte. Es war Hypnose gewesen. Der Prokurator hatte nichts gegen Hypnose einzuwenden. Der Heiler hatte den gastfreundlichen Verantwortlichen des Festes eine Blamage erspart. Das konnte er als Römer gut verstehen. Auch Römer waren sehr gastfreundlich. Er stellte sich das Gesicht seines Vaters in einer ähnlichen Situation vor...

Nein, nicht auch das noch! Es war schon furchtbar genug, durch den Wein an den Heiler erinnert zu werden, doch der Wein liess ihn ausserdem an den Pater Familias denken. Er wusste, jetzt würde seine traurige Familiengeschichte vor seinen inneren Augen vorüberziehen. Einmal mehr. Er seufzte.

Kapitel 2
Die Familiengeschichte

Aurelius Pontius Pilatus war der jüngste Sohn des freien Römers Gaius Pontius Pilatus, Grossgrundbesitzer, Inhaber einer Walkerei und Senator, Vater von fünf lebenden ehelichen Kindern, drei Söhnen und zwei Töchtern. Vor Aurelius war noch ein Sohn auf die Welt gekommen, hatte aber nicht überlebt. Zwei weitere Töchter hatte der Pater Familias – wie hinter vorgehaltener Hand berichtet wurde – freigegeben, wie der freundliche Ausdruck für Aussetzung lautete.

Bei der Verheiratung von Töchtern verloren die reichen Familien viel Geld, deshalb musste die Anzahl der Töchter gering gehalten werden. Sie wurden dem Schicksal überlassen, ausgesetzt, von anderen gefunden – oder auch nicht –, aufgenommen, als Sklavinnen erzogen und später verkauft.

Offiziell hatte Senator Gaius also fünf eheliche Kinder. Über die Anzahl Kinder, welche Sklavinnen ihm geboren hatten, war nichts Genaues bekannt. Die vielen Kinder der Sklavinnen in den Häusern der Herrschaften konnten Kinder des Hausherrn oder Kinder von Sklaven sein.

Ausser dem Nachzügler Aurelius waren alle legalen Nachkommen des Senators Gaius verheiratet. Ein Sohn würde dereinst den landwirtschaftlichen Betrieb ausserhalb von Rom übernehmen, der andere war bereits ein tüchtiger Mitarbeiter im Walkereibetrieb am Tiberufer. Da dem angesehenen Senator noch ein Sohn mit militärisch-politischer Laufbahn gefehlt hatte, hatten seine Gemahlin und er aus Pflichtbewusstsein dem Kaiser und dem Imperium gegenüber eine weitere Zeugung vorgenommen.

Die Ehe galt im römischen Reich als unantastbar, hatte jedoch weder mit Liebe noch mit Lust etwas zu tun, sondern vielmehr mit Wirtschaft und Politik. Die Ehefrauen als Gebärerinnen der Familienerben durften sich eine Verunreinigung des Familienblutes nicht erlauben. Über ihre Sittsamkeit wurde streng gewacht. Der Beischlaf eines fremden Mannes mit einer verheirateten vornehmen Römerin war Unzucht, Verkehr mit Sklavinnen und Sklaven dagegen galt als zu fördernder Sport. Allerdings nur mit den eigenen – Verkehr mit einer fremden Sklavin oder einem fremden Sklaven konnte von deren Besitzer als Sachbeschädigung angezeigt werden…

Wenn Aurelius Pontius Pilatus versuchte, sich zu vergegenwärtigen, was die erste bewusste Erinnerung in seinem Leben war, tauchten immer zwei Gesichter auf, zwei Männer, die nach ihm riefen. Zum scharfen Ruf *Aureliiiiii* gehörten ein zornroter Kopf, funkelnde dunkle Augen, ein Kinn mit kurzem Bart, eine blitzsaubere Toga mit eleganten Falten und ein Stock. Zum zärtlichen Ruf *Ponti* gehörten ein glattrasiertes Gesicht, gütige Augen, eine Arbeitstunika und eine streichelnde Hand.

Aureli war der strenge Ruf des Pater Familias. Der Stock in seiner Hand landete des Öfteren auf dem Kinderrücken. *Ponti* war der liebevolle Ruf seines persönlichen Sklaven. Die Hand des Sklaven berührte mit Öl den Rücken, auf dem der Stock des Pater Familias Spuren hinterlassen hatte.

Die Kinder reicher Römer wurden von gebildeten Sklaven unterrichtet. Sein Lehrer trug den griechischen Namen Angelos, Engel. Diesen Namen trug er mit Recht, für Pontius war sein Hauslehrer und Sklave ein echter Engel.

Der Pater Familias pflegte den Unterricht, den sein Sohn bei dem gebildeten Sklaven genoss, zu überprüfen.

«Aureli, wie heissen die sechs Fälle der lateinischen Sprache?»

«Die sechs Fälle heissen Nominativ, Genetiv, Dativ, Akkusativ, Vokativ und Ablativ, Papa.»

«Dekliniere den Namen *Aurelius*.» Der Pater Familias klopfte mit dem Stock auf den Fussboden.

«Der Nominativ lautet *Aurelius*, der Genetiv *Aurelii*», deklamierte der Sohn fliessend. Doch dann stockte er. «Daaativ», meinte er gedehnt und dachte dabei angestrengt nach. Ach, wie lautete bloss schon wieder die Dativendung?

Der Pater Familias fuhr mit der Hand prüfend über den Stock. Eine Bewegung, von der er sich eine gedächtnisfördernde Wirkung versprach. Der Sohn folgte ängstlich der Bewegung der väterlichen Hand.

«Ist es...?» Er zog den Kopf ein. «Ist es *Aurelium*?»

Der Stock sauste auf den Rücken. «Daaativ, Sooohn, Daaativ! Wie lautet der Daaativ?»

Es musste offenbar die andere Endung sein.

«Dativ? – Papa, ich glaube, Aurelio.»

«Richtig: Aureli-o, mit Endung -o, nicht mit Endung -um. Zu welchem Fall gehört die Endung -um?»

«Zum Akkusativ, Papa.»

Diesmal war der Pater Familias zufrieden. Doch das Richtige musste noch eingetrichtert werden. Gespielt wohlwollend – denn echtes Wohlwollen war dem Senator fremd – nahm er den Kopf des Sohnes in beide Hände, bewegte ihn hin und her und sprach gedehnt: «Jawooooohl, zum Akkusaaativ. Im Akkusaaativ heisst es -um, du bist doch nicht dumm.» Dann liess er das Kind los und fragte: «Und wenn ich *Aureli* rufe, was ist das für ein Fall?»

«Der Vokativ, Papa, von *vocare*, rufen.»

Der Pater Familias nickte anerkennend.

«Unsere lateinische Sprache hat noch einen sechsten Fall. Gib ein Beispiel.»

«Der Ablativ, Papa. Cum Aurelio, mit Aurelius.»

Der Pater Familias klopfte ihm auf den Rücken. «Genug für heute.»

Und zum Sklaven gewandt, meinte er grosszügig: «Es ist kalt heute – Thermalbad. Nimm Aurelius mit.» Er griff in die Tunika, holte einige Münzen heraus und drückte sie Angelos in die Hand.

Der Sklave Angelos war ein gebildeter Mann griechischer Herkunft mit edler Haltung, ein Sohn aus gutem Haus. Sein Vater hatte es durch Anlage seiner Gelder in die Seefahrt zu grossem Reichtum gebracht. Doch dann setzte eine Pechsträhne ein. In heftigen Stürmen verlor er mehrere Schiffe, andere wurden von Piraten gekapert. Angelos' Vater stand vor einem Schuldenberg und musste verkaufen – auch einen der beiden Söhne. Den Kleinen oder den Grossen? Angelos hatte dem Vater die Entscheidung abgenommen. «Verkaufe lieber mich, Papa, der Kleine braucht die Liebe der Eltern noch.»

Aurelius Pontius Pilatus war wenige Monate alt, als Angelos vom Pater Familias käuflich erworben wurde. Für Pontius hatte der Sklave immer zu ihm gehört. Angelos war ihm Vater, Mutter, Lehrer und Freund – kurz, sein Engel. Umgekehrt sah der Sklave in dem süssen kleinen Römer den kleinen Bruder, den er durch seine Einwilligung in den Verkauf gerettet hatte. Pontius war vom Kleinkindalter an sein Ein und Alles.

Aurelius Pontius Pilatus strahlte, als er hörte, dass er mit Angelos ins Thermalbad gehen dürfe. Er liebte das öffentliche Thermalbad. Und er liebte es, mit Angelos in die Stadt hinabzureiten.

Die *Domus*, das Familienhaus, befand sich auf dem Esquilin, dem Hügel der Reichen. Eine *Domus* war – jedenfalls in den Augen eines Kindes – eine kleine Stadt inmitten der grossen Stadt, ein mehrstöckiger Häuserkomplex mit einem grossen Hof in der Mitte, dem sogenannten *Atrium*. Zu einer *Domus* gehörten ein eigener Tempel sowie ein Garten mit Palmen, kunstvoll geschnittenen Hecken und Büschen, Blumenbeeten, Götterstatuen und einem ungeheizten Schwimmbecken. In der Übergangszeit, wenn die hauseigene Bodenheizung bereits ausser Betrieb gesetzt war, sodass das Warmwasserbad im Haus nicht benützt wurde, es jedoch für das Baden im Gartenbad zu kalt war, gingen die Römer besonders gern ins öffentliche Thermalbad.

Angelos schwang den Jungen zu sich auf das Maultier und setzte ihn vor sich hin. Pontius fühlte sich warm und geborgen im Körperkontakt mit dem Engel. Munter schaute er um sich. Schon der Ritt durch die römischen Strassen und Gassen war jedes Mal ein Erlebnis. Das Gewühl von Männern, Frauen und Kindern, Kutschen und Sänften, Pferdetransportwagen, Maultieren, Eseln und Hunden faszinierte ihn. Er bestaunte die grossen Häuser mit den Läden und Werkstätten. In den Läden wurden Brot, Wein, Fisch, Fleisch, Kleider und Schuhe verkauft, in den Werkstätten wurde gesponnen, gewoben, geschneidert und getöpfert und Männer liessen sich rasieren. Sklaven eilten zu den Brunnen und holten Wasser. Vor den unzähligen Kneipen standen Frauen mit weissgeschminkten Gesichtern und zinnoberroten Wangen, die Augenbrauen mit Kohle schwarz nachgezogen, mit blonden Perücken aus Germanenhaar, die Kleider weit geöffnet, sodass man ihre Brüste sehen konnte. Männer näherten sich diesen Frauen, betraten mit ihnen die Kneipe und verschwanden im Hinterzimmer.

Unmittelbar neben den Kneipen mit den geschminkten Frauen gab es Schulstuben. Jeder, der den Eindruck hatte, Kindern etwas beibringen zu können, durfte eine Schule eröffnen. Ein fähiger Lehrer, dessen Unterricht gut bezahlt wurde, richtete seine Schule in einem schönen Haus ein. Wer hingegen nicht zu den nötigen Einnahmen kam, musste für seine Schule mit einer Bretterbude in einer Schmutz- und Abfallstrasse Vorlieb nehmen. Pontius war froh, dass er nicht die öffentliche Schule besuchen musste.

Die Läden, Werkstätten, Kneipen und Schulen befanden sich im Erdgeschoss, wo man in unmittelbarem Kontakt mit den Passanten war. Im ersten Stockwerk wohnten Leute, die sich die Miete für eine komfortable Wohnung leisten konnten. Im zweiten

Stockwerk lebten Menschen, die weder zu den Armen noch zu den Reichen zählten, im dritten Stockwerk hausten die Bedürftigen, und unter dem Dach waren die Sklaven untergebracht.

Die Häuser bestanden weitgehend aus Holz. Das Kochen in den Wohnungen war wegen Brandgefahr verboten, gekocht wurde im Innenhof. Für das grosse Geschäft begaben sich Arme und Reiche und Sklaven in die am nächsten gelegene Gemeinschaftstoilette, am frühen Morgen mit den Nachttöpfen in der Hand. Für das kleine Geschäft standen vor den Handwerkerbuden und Läden mächtige Amphoren mit grosser Öffnung bereit. Bei voller Blase stellten sich Ladenbesitzer, Handwerker und Passanten in ihren wallenden Gewändern ungeniert über die Urinamphoren – die Frauen in Kauerstellung – und liessen ihrem Wasser freien Lauf.

Die Walkersklaven des Pater Familias wechselten die Urinamphoren mehrmals täglich. Die vollen Amphoren trugen sie in die väterliche Manufaktur, wo ihr Inhalt verarbeitet wurde.

«Schau, dort ist die Schneiderei mit der Pimmelglocke», rief Pontius. «Wer den Schneider rufen will, muss den Pimmel schütteln. Aber er ist ja nicht nur Schneider, er verkauft auch schöne Pimmelsachen.»

Er griff sich an den Hals und fuhr liebevoll mit der Hand über das Kettchen mit dem Phallus aus Elfenbein, der ihn vor bösen Blicken schützen sollte.

Der Phallus war im römischen Reich als Symbol für Fruchtbarkeit und Kraft allgegenwärtig. Man hatte Schüsseln und Töpfe mit Phallushenkeln. An vielen Haustüren waren als Türklopfer massive Phallusse angebracht. Wer Einlass begehrte, musste mit dem Phallus klopfen.

«Wollen wir nicht kurz absteigen und ein Pimmelsalzfässchen kaufen?», fragte der Junge.

«Aber wir haben doch zuhause schon jede Menge Pimmelsalzfässchen, Pimmellämpchen und Pimmelschatullen», wandte der Engel ein. «Wenn schon schlage ich vor, dass wir eine grosse Pimmelkerze aus Bienenwachs kaufen. Aber erst auf dem Rückweg.» Mit einem «Huh Hoh» trieb er das Maultier an, geschickt einem Pferdefuhrwerk und einer Frau ausweichend, die ihre Blase in eine Amphore entleerte und zwitschernd den Reichtum des Pater Familias vermehrte.

An der nächsten Strassenecke roch es bereits nach dem Fluss Tiber – faulig, stinkig, ekelhaft.

«Ich will unverdünntes Tiberwasser saufen, *wenn das nicht die Wahrheit ist*», pflegte der Pater Familias zu rufen und mit der Faust auf den Tisch zu hauen, wenn er eine Wahrheit durchsetzen wollte – selbst wenn sie falsch war.

Wenn das nicht die Wahrheit ist... Da war er wieder, der Ausdruck. Wahrheit. Was ist Wahrheit? Diese Erinnerungen! Der Statthalter zuckte zusammen.

Am Tiber stank es grässlich. Pontius hielt sich die Nase zu. Den Hechten im Fluss schien der Dreck nichts auszumachen. Just dort, wo die Kloaken in den Fluss mündeten, tummelten sich die grössten Exemplare. Sie fanden reichlich Nahrung.

Bei der Stelle, an welcher Angelos und Pontius den Tiber erreicht hatten, begegneten sich zwei Wunderwerke römischer Ingenieurkunst, Kloake und Aquädukt. Oben reines Quellwasser, unten Fäkalien, Dreck und Schlamm. Jedes Mal, wenn Pontius an den Tiber kam, betrachtete er mit Bewunderung die mehrstöckige, von Bogensäulen getragene *Aqua Virgo*, die Brücke für Verkehr, Fussgänger und Wasserleitungen. Elf Aquädukte leiteten Wasser bester Qualität aus dem Quellgebiet nach Rom, weitgehend unterirdisch, damit es im Sommer frisch blieb und im Winter nicht zufror. Am Tiber, aus den Hügeln austretend, gelangte es über majestätische Brücken in die Stadt, fliessend dank dem leichten, für das blosse Auge kaum erkennbaren, natürlichen Gefälle. Ein

Wunderwerk Roms – «den Griechen abgeschaut», wie der Engel nicht müde wurde, seinem Mitreiter zu erklären.

«Aber von den Römern perfektioniert», meinte der kleine Römer stolz.

«Das auf jeden Fall», gab Angelos zu.

Pontius war ein intelligentes, wissbegieriges Kind. Er drehte sich auf dem Maultier um und blickte den Engel fragend an. «Die meisten Stadtbewohner holen ihr Wasser aus einem der zweitausend Brunnen, die es in Rom gibt. Wir wohnen auf einem Hügel und haben trotzdem fliessendes Wasser im Haus. Wie kommt es, dass Wasser zu uns hinauf fliesst?»

Der Engel freute sich über die klugen Fragen seines kleinen Lieblings. «Das geschieht durch einen Trick der Ingenieure, durch die Kommunikation von höher gelegener und tiefer gelegener Leitung. Siehst du die mächtigen Wassertürme? Sie liegen höher als eure *Domus*. Die Wasserleitung führt vom Wasserturm in die Tiefe, unterirdisch durch die Stadt und bei euch wieder empor. Bei der Konstruktion wurden sie vom Turm bis zu euch mit Wasser gefüllt. Wenn bei euch die Leitung geöffnet wird, zieht das ausfliessende Wasser das übrige Wasser nach, vom Turm in die Tiefe und bei euch wieder empor.»

Pontius brach in einen Bewunderungsruf aus. «Eia, das ist fantastisch, unsere Ingenieure lassen Wasser aufwärts fliessen!»

Die Bewunderung, welche der kleine Junge für die römische Ingenieurskunst bekundet hatte, war auch dem erwachsenen Pontius nicht abhandengekommen. Wenn Ingenieure fähig waren, Wasserleitungen in Form eindrücklicher Baukunstwerke über einen Fluss zu führen und von dort Wasser aufwärts fliessen zu lassen, mussten sie auch imstande sein, Strassen über den *Adula Mons* zu führen und mit Brücken die Höllenschlucht zu überwinden. Wenn Pontius, anstatt ins Militär und in die Politik zu gehen, Ingenieur geworden wäre, würde er vielleicht schon längst

Strassen und Brücken über den *Adula Mons* gebaut haben. Auf jeden Fall aber würde er als Ingenieur dem furchtbaren Leid entgangen sein, das ihn als Politiker in Judäa getroffen hatte.

Nach dem kurzen Gang in die helvetische Gegenwart, in die Vorstellung, Strassen und Brücken über den *Adula Mons* zu bauen, kehrte Pontius wieder in die Kinderzeit zurück. Von dem Engel warm und gut gehalten, auf dem Maultier sitzend, vor ihnen der prachtvolle dreistöckige Aquädukt mit den wunderbaren Torbogen, fragte er den Mann, der ihm alles bedeutete: «Kamen die ersten Ingenieure aus deinem Land?»

«Ja, mein Liebling, die ersten Ingenieure, Ärzte und Künstler kamen alle aus Griechenland.»

Ja, mein Liebling – wie wohl das tat, besonders, wenn es in der wunderbaren griechischen Sprache des Engels ausgesprochen wurde. Agapoulos. Der Pater Familias und auch die Mater Familias hatten ihn nie *Liebling* genannt. Sie nannten ihn *mein Sohn* oder *Aurelius*, manchmal auch *undankbares Kind*. Er hasste den Namen Aurelius.

«Angelos, versprichst du mir, dass du mich nie Aurelius nennen wirst?»

«Versprochen, Agapoulos.»

Pontius drehte sich um und gab dem Engel einen Kuss. Der Engel verstand die Abneigung des Kleinen gegen den Namen Aurelius. Er sah den Schmerz in den Augen seines Schützlings. «Wie lautet der Ablativ von Pontius?», fragte er schalkhaft. Das Lachen war Balsam in die vom Pater Familias geschlagenen seelischen Wunden. «Cum Pontio oder auch sub Pontio», kicherte das Kind. Der Pater Familias verlor augenblicklich an Dramatik und an Gewicht.

Doch gleichzeitig erwies sich der Ablativ als weiterer Schnitt in die Lebensgeschichte des Statthalters von Helvetien. *Sub Pontio* war ganz nahe bei *Crucifixus sub Pontio Pilato* – auch ein Ablativ.

Gekreuzigt unter Pontius Pilatus. Beinahe wäre Pontius wieder in das *Lucerna*-Turm-Erlebnis geschleudert worden. Er konnte es gerade noch verhindern, indem er sich das Forum Romanum mit seinen Säulen und Tempeln, das sie kurz nach dem Aquädukt erreicht hatten, bildlich vorstellte.

Der Engel zeigte auf das Gebäude hinter dem Jupitertempel.

«Diesen Palast magst du wohl nicht?»

Pontius rümpfte die Nase. «Der Senat. Dort sitzt der Pater Familias oft. Mein Papa hat ja nie Zeit für mich, ausser um mich mit dem Stock zu verhauen», beklagte er sich finster. Doch dann hellte sich sein Blick auf. Der grossartige Kuppelbau mit Sportanlage und Park neben dem Senat war das schönste Thermalbad von ganz Rom – ein Männerthermalbad.

Vor dem Thermalbad bot ein grosser Platz genügend Raum für Kutschen und Sänften. Die Pferde, Maultiere und Esel wurden in Ställen gefüttert und gepflegt. Vornehme alte und junge Herren, aber auch arme Männer in schäbigen Kleidern eilten über den Platz. Einmal im Innern des Thermalbades sah man den Unterschied zwischen arm und reich weniger deutlich, gebadet und Sport getrieben wurde nackt.

Pontius war nicht das einzige Kind unter den Besuchern. Einige hatte er schon mehrmals im Thermalbad gesehen. Er kannte sie mit Namen. Sie kamen mit Vätern, Grossvätern, Onkeln oder älteren Brüdern; die Söhne reicher Eltern mit einem Sklaven. Angelos bezahlte den Eintritt. In einem Umkleideraum zogen sie sich aus und legten die Kleider in eine Boxe, die von einem Sklaven bewacht wurde. Angelos drückte auch diesem eine Münze in die Hand, damit er besonders gut auf ihre Kleider aufpasse. Sklave und kleiner Herr schlangen ein Badetuch um sich und schlüpften in die bereitstehenden Holzschuhe. Beim letzten Besuch im Bad hatte sich Pontius geweigert, die Holzschuhe anzuziehen. Auf dem geheizten Boden war es für seine Füsse dann allerdings recht ungemütlich geworden. Angelos schmunzelte, als

Pontius brav in die klobigen Holzschuhe schlüpfte. «Durch Erfahrung wird man klug», neckte er ihn. Pontius nickte. «Ich werde es in Zukunft immer tun.»

Als erstes ging es hinaus in die Sportanlage. Schöne junge nackte Männer warfen Diskusscheiben, andere schleuderten Speere, dicke alte Männer mit Glatzen rannten keuchend auf einer vorgegebenen Zielgeraden.

«Diese alten Männer haben gar keinen Pimmel», meinte Pontius bedauernd.

«Doch, doch», beruhigte ihn Angelos, «du siehst ihn nur nicht, weil ihr Bauch so gross ist. «

«Werde ich, wenn ich gross bin, auch einen so schönen Pimmel haben wie jener Diskuswerfer?», wollte der Junge wissen.

«Ganz gewiss, Pontius.»

«Deiner ist aber auch nicht schlecht, Engel, sicher fast einen Fuss lang.»

«Nicht übertreiben, mein Lieber, er ist nur einen halben Fuss lang, wenn er steht.»

Pontius griff nach einer Diskusscheibe. «Ganz schön schwer.» Er warf ihn nicht gerade weit.

«In fünf Jahren wirst du ihn genau so weit werfen wie der Mann, den du bewunderst, und dich dazu genau so elegant bewegen wie er», tröstete ihn sein Begleiter.

«Genauso elegant wie der nackte Diskuswerfer auf der Weiheamphora neben der Jupiterstatue in unserem Schulungsraum?»

«Viel eleganter.»

«Machst du dann von mir auch eine so schöne Darstellung auf einer Vase?»

«Warum nicht, wenn du das willst.»

«Ich freue mich, dann kann ich, wenn ich alt und dick bin, auf der Vase schauen, wie ich einmal ausgesehen habe.»

Pontius gestattete sich ein kurzes Auftauchen in die helvetische Gegenwart. Der Statthalter von Helvetien stellte sich vor das blankgeklopfte Metallstück, genannt Spiegel. Sein Gesicht nahm einen befriedigten Ausdruck an. «Ich bin ein fünfzigjähriger alter Mann, aber dick bin ich nicht.» Er öffnete den Mantel. «Wenn ich an mir herabblicke, kann ich meinen Penis sehen, nicht wie bei jenen dicken keuchenden Opas.» Er griff sich prüfend in die Haare. «Und auch mit meiner Haarpracht kann ich zufrieden sein.» Dankbar liess er die Gedanken in das Thermalbad zurücksinken.

Pontius liebte Thermalbäder. Zwei Männer weckten sein Interesse.

«Warum reiben sich die beiden Männer den Körper mit Sand ein?»

«Sie wollen miteinander ringen. Ohne den Sand würden sie beim Zugreifen am glatten Körper des Gegners abgleiten.»

Der Ringkampf bewirkte erneut ein kurzes Auftauchen in die Gegenwart. Auch die in Helvetien eingewanderten Waldarbeiter kannten einen spielerischen Ringkampf; sie nannten ihn Hoselupf, nach alemannischer Sprechweise tief im Hals ausgesprochen. Beim Ringkampf trugen sie ein kurzes Kleidungsstück, das den Zugriff erleichterte.

Der römische Ringkampf war eine rohe Angelegenheit. Die Kämpfer traten einander mit den Füssen, schlugen mit der Faust mitten in das Gesicht des andern, drückten ihm die Nase nach oben und rissen an seinen Haaren. Sogar Beissen war erlaubt. Das derbe Raufspiel faszinierte den Jungen.

«Angelos, wollen wir auch?»

Sie wollten. Die beiden rieben sich mit Sand ein, dann griffen sie zu. Angelos liess sich nach einigem Hin-und-her-Gerangel auf den Rücken werfen. Pontius setzte sich stolz auf den Bauch des scheinbar Besiegten; er trommelte mit der Faust auf dessen Brust und drehte ihm die Nase sachte nach oben, diese gründlich studierend, als ob dort ein Geheimnis verborgen wäre. Immer wieder biss er ihn ins Ohr – oder eher: knabberte er an seinem Ohr. Angelos seinerseits biss Pontius in die Nase und pustete kräftig hinein, was den Jungen zum Lachen brachte. Der Grieche fühlte, dass das Kind, das von seinen Eltern weder geküsst noch gestreichelt wurde, liebenden Körperkontakt suchte.

«Jetzt weisst du, warum man ein bisschen sagt», lachte Angelos nach einem Biss. «Unser Beissen ist ein Beisschen. Wir haben einander ein bisschen gebissen. Aber jetzt habe ich den Mund voller Sand.»

«Ich auch.»

Beide spuckten kräftig aus.

«Das nächste Mal reiben wir uns mit Öl ein», beschloss der Kleine, «mit Thymian-Olivenöl, das schmeckt besser als Sand. Dann fresse ich dich mit Haut und Haar. Schau, so.» Er biss den Engel liebevoll in die Hand. «Wenn ich dich fresse, habe ich alles in mir, was du kannst und weisst. – Und was machen wir jetzt?»

Angelos zeigte auf den Kuppelbau. «Jetzt sind wir verschwitzt und voller Sand. Wir gehen baden.»

Wer von der Sportanlage in das Gebäude zurückkehrte, musste sich im Eingangsraum mit Wasser übergiessen, um sich von Schweiss, Sand und Öl zu reinigen. Der Weg zu den Bädern führte durch einen geheimnisvollen dunklen Korridor mit Sonderboxen mit offenen Vorhängen. In den Boxen lagen junge Sklaven, die im Schein von Öllämpchen einladend mit ihrem erigierten Penis spielten. Junge und alte Männer, dicke Händler und Senatoren mit Bäuchen, aber auch dürre klapprige Greise gingen vor den Boxen prüfenden Blickes hin und her wie Marktkunden, die ihre Ware aussuchen. Sie wählten ihren Mann, betraten die Boxe, zogen den Vorhang zu oder liessen ihn offen. Sex war bei den Römern wie Essen eine beliebte und öffentliche Angelegenheit, gerade auch im Thermalbad.

Wenn nicht gerade ein neuer Kunde in Sicht war, der sie hätte verscheuchen können, tauchten in den dunklen Gängen wie aus dem Nichts herumalbernde, pubertierende Jungs auf. Sie machten sich an den Vorhängen zu schaffen, sie guckten einander über die Schultern, um einen Blick auf das Treiben in den Boxen zu werfen, stiessen einander neckisch an, rannten einander hinterher, taten, als ob sie sich wehrten und griffen einander kichernd zwischen die Beine oder kehrten ganz leise wieder zu den Späherposten an den Vorhanglücken zurück.

Der kleine Pontius ging recht unbeeindruckt an den Boxen vorbei, den ertappten und davonrennenden Burschen missbilligend nachblickend. «Mein Papa zieht den Vorhang immer ganz zu», kommentierte er die Vorgänge im dunklen Korridor. «Er gibt einem Aufsichtssklaven Geld, damit der auf mich aufpasst. Papa will ja nicht, dass ich im Schwimmbecken ertrinke, und er verlangt von dem Sklaven, dass er mich davon abhält, den Vorhang zur Seite zu schieben. Allerdings halten sich nicht alle Sklaven an den Auftrag, manchmal gucken wir beide zu. Das machen in den Bädern alle Kinder. Kleine Kinder aber nie lange, anders als diese vierzehnjährigen dummen Buben.» Er gähnte. «Ist ja immer dasselbe, und erst noch ekelhaft. Erwachsene sind seltsame Menschen. Sie tun, was ekelhaft ist. Sie verzehren mit Lust Spinat, den Kinder nur gezwungenermassen unter viel Tränen und Geschrei essen, und sie spielen mit den Pisse- und Kackeorganen anderer Menschen. Schrecklich!»

«Das verstehst du noch nicht, Agapoulos, das wirst du verstehen, wenn du gross bist.»

«Jetzt sprichst du genau wie Papa», meinte der Kleine vorwurfsvoll, «nur sagt der nie Agapoulos zu mir.» Er schmiegte sich an den Engel.

Der Boxenkorridor führte in die drei eigentlichen Badehallen, die erste mit warmem Wasser, die zweite mit extrem heissem und die dritte mit kaltem Wasser. Jede Halle hatte einen Säulenwandelgang und breite Treppen, auf denen man sitzen konnte. Die Wände waren verziert mit erotischen Szenen.

Die Badenden sassen in den Becken und unterhielten sich über die Tagesereignisse, Preise, Krankheiten, Politik und Philosophie oder auch über Erotik. An gut besuchten Tagen war das Gedränge so gross, dass an Schwimmen nicht zu denken war.

Wenn der Körper sich im ersten Becken an die Wärme des Wassers gewöhnt hatte, ging es in die zweite Halle in das sehr heisse Wasser. Hier war man über die Holzschuhe und die Badetücher besonders froh, weil man sich beim Gehen die Füsse und beim Sitzen den Po verbrannt hätte, wie Pontius nur zu gut wusste. Nach dem Heisswasserbad gab es den kurzen, gesunden Kälteschock im kalten Bad. Das Ganze konnten die Besucher dann wiederholen, oder sie gingen in die Sauna oder in die Massage oder in die Bibliothek.

Pontius hatte eine Abneigung gegen den Schwitzraum. Ihn widerten die dicken Männer an, die ihren aus allen Poren rinnenden Schweiss mit der Hand so heftig von sich wischten, dass die Tropfen selbst die Sitznachbarn trafen. Papa dagegen war ein häufiger Saunagast. Mit ihm musste der Sohn, ob er wollte oder nicht, die Schwitzkammer erleiden. Anders bei Angelos. Der Engel mied sowohl die Boxen mit den schönen Liebesdienern als auch die Sauna mit den schweisstriefenden Kolossen. Als gebildeten Sklaven zog es ihn in die Bibliothek, die rings um das Atrium in Säulengängen untergebracht war. Er studierte die Tagesereignisse, die auf einer grossen Wachstafel eingeritzt waren, oder las aus Papyrusrollen philosophische Texte.

Das Atrium war der Spielraum der Kinder. Pontius liebte das Atrium wegen der wunderschönen Spielsachen. Die Streitwägelchen hatten es ihm besonders angetan. Freie Kinder und Sklavenkinder waren bei den Wagenrennen aufeinander angewiesen. Für die Sklavenkinder war die Rolle als Pferde vorgesehen, die freien Kinder spielten Wagenlenker und Kaiser. Vier Gruppen kämpften miteinander, die Roten, die Blauen, die Gelben und die Grünen. Pontius gehörte zu den Blauen. Auf Befehl des Kaisers rannten die Sklavenpferde los, in den Wägelchen die Lenker. Es galt das Atrium siebenmal zu umkreisen. Wie beim richtigen Wagenrennen ereigneten sich Zusammenstösse, von guten Lenkern klug geplant. Die Buben lachten, jauchzten und schimpften. Die Zuschauer im Säulengang blickten ab und zu von ihren Papyrusrollen auf und applaudierten.

In der fünften Runde verlor der blaue Wagen ein Rad. Pontius fiel vom Wagen. Die Blauen mussten ausscheiden, Sieger wurden die Roten. Wagenlenker der Roten war der Enkel eines dürren Greises, der zu einem Liebesdiener in eine Boxe gestiegen war. Ein kleiner Junge in der Kaiserrolle setzte dem Enkel des Dürren den Siegeskranz auf.

Pontius war missmutig. Im Thermalbad war er bekannt als guter Wagenlenker. Er musste unbedingt versuchen, mit einem anderen Spiel zu Ehren zu kommen. Mit Kreide zeichnete er ein grosses Dreieck auf den Boden. In die Spitze des Dreiecks setzte er die römische Zahl zehn, auf die gerade Linie zwischen Spitze und waagrechtem Schenkel folgten die absteigenden Zahlen. Jeder Spieler bekam fünf Nüsse, die er aus einem Abstand von zwanzig Fuss in das Dreieck werfen musste. Wegspicken der bereits auf einer Zahl liegenden Nuss war erlaubt. Pontius traf mit seinen Nüssen hohe Zahlen, zweimal erreichte er die Zehn; es gelang ihm sogar, die einzige gegnerische Nuss, welche ebenfalls die Zehn erreicht hatte, aus dem Dreieck zu spicken und damit in die Null zu befördern. Mit diesem Sieg war seine Ehre gerettet.

Die Buben waren beim Spielen voll bei der Sache. Kaum einer hatte Lust, in den Boxenkorridor zurückzugehen, um einen Blick auf die langweiligen Männerspiele zu werfen. Um Derartiges zu beobachten, brauchten sie schliesslich nicht ins Thermalbad zu kommen. Zu oft wurden Kinder in verwinkelten Strassen, in Kneipen oder selbst zuhause mit solchen Praktiken konfrontiert. Ihre kindlichen Wagenrennen, Gladiatorenkämpfe und Seeschlachten waren hingebungsvoller und intensiver als das Spiel der Männer in den Boxen. Die Opas und Papas, die Jungen und Alten, Dicken, Dünnen und auch die ganz Klapprigen tauchten meist schon nach kurzer Zeit wieder aus den Boxen auf. Badetücher um die Hüften geschlungen, sassen sie auf den Treppen des Atriums und schauten dem Spiel der Kinder zu. Manchmal waren sie nach wie vor in Begleitung der hübschen Liebesdiener, die nach einer eher bescheidenen Entlöhnung nichts dagegen hatten, sich von ihren Kunden mit Brot, Wein, Käse und Naschwerk zusätzlich verwöhnen zu lassen. Bei den kulinarischen Genüssen waren dann auch die Kleinen wieder dabei. Sie legten sich auf den Speisesofas zwischen ihre Väter, Opas, Onkel und die Liebesdiener und griffen fröhlich nach dem Naschwerk.

Kapitel 3
Der Pater Familias

Für den Kauf seines gebildeten Sklaven hatte der Pater Familias eine gute Stange Geld bezahlt. Als Hauslehrer und Erzieher des Sohnes eines Senators neigte der Engel dazu, ab und zu seine niedrige Stellung als Sklave zu vergessen und sich als Familienmitglied zu fühlen. Durch harte Behandlung musste der Pater Familias dem stolzen Griechen deswegen des Öfteren in Erinnerung rufen, dass er selbst als Lehrer nichts anderes als ein Sklave war. Nicht akzeptabel war für das Familienoberhaupt die Tatsache, dass sein Aurelius diesen Sklaven liebte. Römische Kinder liebten nicht einmal ihre Eltern, geschweige denn einen Sklaven. Eltern mussten geachtet, Sklaven dagegen verachtet werden.

Das Kind im Mann lässt sich nicht verleugnen. Es macht erwachsene Männer spielen wie Kinder, weinen wie Kinder und trotzen wie Kinder. Der Fünfzigjährige in seinem Militärzelt stampfte zornig. «Es ist dir nicht gelungen, Pater Familias, meine Liebe zu dem Sklaven zu töten.»

Angelos war tatsächlich ein Engel, mehr als ein Engel, er war... Nein. Der Statthalter schüttelte den Kopf. Nein, wie jener Jude war er trotzdem nicht. Jetzt sprach der Philosoph im Mann: «Der Grieche war ein Engel nur für mich, der Jude dagegen war ein Engel für die ganze Welt.» Und seine gebrochene Seele fügte hinzu: «Beiden habe ich grosses Leid zugefügt. Dem einen habe ich durch kindliche Dummheit geschadet, den andern durch ohnmächtige Gewalt ausgelöscht. Es tut mir noch heute leid, Engel, was ich als gedankenloser Neunjähriger dir und meinem Halbbruder angetan habe.»

Halbbruder?!

Ja, Pontius hatte einen Halbbruder. Der Statthalter biss auf die Zähne. Diese Erinnerung würde weh tun. Doch sie liess sich nicht zurückweisen, er musste da hindurch.

Pontius hatte mit dem siebzehnjährigen Sklaven Publius Neunermühle gespielt, als dessen Mutter, die Sklavin Virtudina, mit zwei Körben voller Küchenabfälle, Hühnerknochen und Amphorenscherben im Atrium auftauchte. Mit Publius fühlte er sich besonders verbunden. Der Sklavensohn war für ihn wie ein älterer Bruder.

«Die Herrin befiehlt, dass du den Müll auf dem *Mons Testa* am Tiber entsorgst», sagte Virtudina.»

Die Herrin war an einem Damenempfang bei der Kaiserin, der Pater Familias auf dem Landgut, der Engel zwar im Haus, jedoch in der Bibliothek. Die Gelegenheit war günstig. Pontius hätte schon lange gerne den legendären *Mons Testa* besucht. *Testae* – übersetzt Scherben – war ein 150 Fuss hoher Berg aus lauter Scherben und Knochen. Ein grausiger Berg. Der Engel pflegte von diesem Berg lachend zu sagen: «Auf diesem Berg werden Menschen noch in zweitausend Jahren forschen, wie wir im alten Rom gelebt haben.»

War dieser Berg so grauenhaft, wie gesagt wurde, oder übertrieben die Erwachsenen? Das hätte Pontius schon lange gern gewusst.

«Ich gehe mit», verkündete er.

Virtudina wehrte ab. «Kommt überhaupt nicht in Frage. Ein kleiner Herrensohn mit einem jugendlichen Sklaven auf einem Maultier in der Stadt unter all den Bettlern und Räubern. Herr, du könntest entführt werden.»

«Mich entführt keiner. Ich bin stark. Ich habe im Thermalbad beim Spielkampf sogar Angelos auf den Rücken geworfen.» Der Kleine liess seine Muskeln spielen.

Publius bettelte: «Mutter, ich kann ihn doch verteidigen.»

«Ausgeschlossen, Aurelius bleibt in der *Domus*. Wenn der Pater Familias entdeckt, dass der Sohn nicht zuhause ist, gibt es Ärger.»

«Wir erwarten den Papa erst morgen», wandte Pontius ein. «Bitte, Virtudina.»

Virtudinas Entschlossenheit begann zu wanken.

«Bitte, Mama», drängte Publius.

«Ich gehe Angelos fragen», meinte Virtudina ausweichend.

Das Herrensöhnchen wehrte ab. «Nur das nicht, Virtudina. Lass mich mit deinem Sohn ausreiten. Das ist ein Befehl, ich bin dein Herr.»

«Bitte, Mama.»

«Ich befehle es, Virtudina.»

«Na schön, ausnahmsweise.»

Der Herrensohn und der jugendliche Sklave freuten sich. Sie bepackten ein Maultier mit den Scherben und den Knochen und ritten los. Die Stadt war erfüllt von Menschen, Tieren, Käufern und Verkäufern, Bettlern und Räubern, Marktgeschrei und Liedern, es duftete und stank. Pontius wurde weder von Räubern entführt noch von den weissgeschminkten, zinnoberwangigen Damen in eine Kneipe gezerrt. Die jungen Reiter blieben unbehelligt.

Bald lag die Stadt hinter ihnen. Sie ritten durch einen Pinienwald. Es duftete würzig, die Amseln sangen, die Buchfinken zwitscherten ihr munteres Lied, ein Specht hämmerte, ein Reh huschte vorüber. Die Jungen genossen ihren Ritt. Als sie aus dem Pinienwald herauskamen, erblickten sie ihn: den Scherbenberg. Mit Gras und Büschen überwachsen, sah er aus der Ferne geradezu nett aus. Sie vernahmen das Krächzen von Raben und das Grunzen von Schweinen.

Als sie näher heranrückten, hörten sie das Knacken und Aufbrechen der Knochen durch die Schweine und das Picken der grossen schwarzen Vögel. Die Raben fühlten sich durch Maultier und Reiter gestört. Unter krächzendem Protest hoben sie sich in die

Luft. Auch die Schweine stoben quietschend auseinander. Ein fürchterlicher Gestank raubte den Jugendlichen den Atem. Als sie die Körbe abluden und sich anschickten, den Berg mit ihrer Last zu besteigen, brauste vor ihnen eine schwarze summende Wolke in die Höhe. Schmeissfliegen. Plötzlich stockten ihre Schritte. Vor ihnen lag eine Säuglingsleiche, obwohl angefressen als Mädchen erkennbar.

«Ein ausgesetztes Kind», stellte Publius fest. «Vielleicht aus gutem Haus, ausgesetzt und von niemandem mitgenommen. Arme Kleine. Pech gehabt. Ich stosse fast jedes Mal, wenn ich hier bin, auf Leichen.»

Auf der Spitze des Müllberges kippten der Sklave und der Herrensohn die Körbe. Beim Abstieg entdeckten sie die Leiche eines männlichen Kindes mit abstehenden Beinen. «Dieses Kind hätte nie gehen können», meinte Publius. «Vielleicht besser so.»

Bedrückt traten sie den Heimritt an, durch den Pinienwald mit den Rehen und den Singvögeln, durch das Gedränge der lärmigen Stadt.

Vor der Domuseingangstür erwartete sie Virtudina, schreckensbleich. Die Atmosphäre war unheilschwanger. Im Atrium standen sie: der Pater Familias, die Mutter und der Engel. Angelos zutiefst niedergeschlagen; der Pater Familias zornesrot, sein Kinnbart zitterte, in der Hand hielt er den gefürchteten Stock. Pontius nahm etwas wahr, das er nie zuvor in seinem Leben gesehen hatte: Tränen in den Augen der Mutter.

«Aureliiiiii!», gellte es in seinen inneren Ohren.

«Ich will es nicht hören.» Der Statthalter hielt sich die Ohren zu. Es nützte nichts; das Aureligebrüll war ja in der Aussenwelt nicht zu hören.

«Aureliiiiii!»

An den Fenstern und Türen, die sich in das Atrium öffneten, erschienen Gesichter in neugierigem Entsetzen, Sklavinnen, Sklaven und Sklavenkinder, ängstlich der Dinge harrend, die da geschehen sollten.

«Warum muss ich das immer wieder sehen und erleben? Verschwinde endlich, Pater Familias! Ich hasse dich! Ich hasse dich!»

«Ich dich auch; und ich werde dich nie in Ruhe lassen! Nie! Nie! Nie!»

«Aureliiiii! Wie oft habe ich dir gesagt, dass du nicht ohne Begleitung eines Erwachsenen in die Stadt hinab darfst! Aureliiiii! Weisst du nicht, wie gefährlich die Stadt für ein Kind ist? Aureliiiii!»

Obschon es fast nicht mehr möglich war, steigerte sich die Stimme noch. Pontius war überzeugt, dass man das Gebrüll bis in die Stadt hinab hörte.

«Aureliiiii! Ganz Rom spricht davon, dass wir nicht gut genug auf dich aufpassen! Aureliiiii! Du hast Schande über dein Elternhaus gebracht! Aureli!»

Die Stimme überschlug sich.

«Aureliiiii! Du hast den Kaiser und das ganze Imperium entehrt! Aureliiiii!»

Der Pater Familias packte den Sohn, riss ihm die Tunika vom Leib, legte ihn über einen Tisch und versetzte ihm mit dem Stock einen derartigen Hieb auf den Rücken, dass der Kleine meinte, die Knochen brechen zu hören. Sterne tanzten vor seinen Augen.

«Aufstehen!»

Das Kind ächzte. Dankbar stellte es fest, dass es überhaupt aufstehen konnte.

«Virtudina! Publi!», brüllte der Pater Familias.

«Tu ihnen nichts, ich allein bin schuld.» Schützend stellte sich Pontius vor die beiden. «Sie haben versucht, mich von meinem Vorhaben abzuhalten.»

Der Pater Familias stiess den Sohn mit dem Stock von sich.

«Zu euch beiden.» Der Tyrann fuhr mit der Hand grimmig liebkosend über den Stock. Geradezu zärtlich, wie eine Mutter – und das war unheimlich – schälte er Publius aus der Tunika. Alle wussten, dass etwas unvorstellbar Entsetzliches geschehen würde. Nackt und zitternd stand der Jüngling da. Der Pater Familias fuhr mit dem Stock behutsam auf dem Rücken des jungen Sklaven auf und ab.

«Es wäre doch schade, wenn auf diesem schönen Rücken Striemen zu sehen wären», säuselte er honigsüss, «das würde auf dem Sklavenmarkt den Preis beeinträchtigen.»

Die Sanftheit verschwand. Mit grimmiger Stimme brüllte er: «Verabschiede dich von deiner Mutter, morgen wirst du verkauft.»

Mutter und Sohn schrien auf vor Entsetzen. Virtudina warf sich zu Füssen des Pater Familias. «Gnade, Herr, das kannst du nicht tun. Publius ist doch dein Sohn.»

Pontius glaubte, nicht richtig gehört zu haben. Publius ein Sohn des Pater Familias? Publius sein Halbruder? Auf einmal gingen ihm die Augen auf: Publius hatte in der Tat eine Ähnlichkeit mit dem Pater Familias.

«Mein Sohn soll das sein?!», donnerte der Pater Familias. «Sklavin, du wagst es, den da meinen Sohn zu nennen! Publius ist nicht mein Sohn. Publius ist mein Sperma – das ist wahr. Mit Sperma kann ein Mann zeugen oder zeigen, wer der Herr im Hause ist. Und er kann zeugen: einen Sohn, eine Tochter oder auch nur einen Sklaven oder eine Sklavin. Was ich mit einer Sklavin gezeugt habe, ist nicht ein Sohn, sondern ein Sklave, eine Ware, Ware aus gutem Sperma, eine Sklavenware von edelster römischer Qualität. Schaut euch diesen Rücken an. Und die Zähne.» Er riss Publius den Mund auf. «Wunderbare Zähne.»

Virtudina umklammerte die Füsse des Herrn. «Gnade, Gnade!»

Der Pater Familias stiess sie mit den Füssen von sich.

Virtudina nahm schluchzend Publius in die Arme. «Mit Verlaub, Herr, wir ziehen uns ins Sklavenhaus zurück. Unsere letzten Stunden als Mutter und Sohn.»

«Dageblieben», dröhnte die Stimme des Herrn, «das Beste kommt noch, ihr sollt es alle sehen – ihr und alle Gaffer an den Türen und Fenstern.»

Die Stimme donnerte: «Angelos, her zu mir!» Und dann süss und leise: «Herr Professor, ist das ein Lehrer, der seinen Schüler unbeaufsichtigt lässt und stattdessen in feiner Gelehrsamkeit in alten Dokumenten schwelgt?» Die Stimme schwoll wieder an. «Herr Professor, ich will dir zeigen, dass du weder Herr noch Professor bist. Er, der sich als gelehrter Philosoph aufspielt, auch er ist nichts anderes als ein lumpiger, dreckiger, seelenloser Sklave. Ich will euch allen zeigen, wer hier der Herr ist. Ausziehen und über den Tisch beugen.»

Der Engel schlüpfte blass und zitternd aus der Tunika. Nackt beugte er sich über den Tisch.

Der Pater Familias trat einige Schritte zurück, holte Anlauf und schlug mit dem Stock zu.

Angelos' Körper zuckte. Ringsum im Atrium erschollen Entsetzensschreie. Am lautesten schrie Pontius: «Verzeih mir, Engel. «

«Du kannst doch nichts dafür», stöhnte Angelos, «Kinder machen nun mal Blödsinn. Du bist ein Kind, ein wunderbares Kind. Auch wenn ich jetzt sterbe, bleib der wunderbare Mensch, der du bist.»

«Der Sklave will ja immer noch Philosoph sein und ethische Weisungen erteilen», höhnte der Pater Familias. Er nahm erneut Anlauf, holte aus und schlug. Wieder zuckte der Körper. Diesmal war es der Engel, der laut aufschrie.

Der Pater Familias holte zum dritten Mal Anlauf. Wieder ein Schrei. Blut spritzte. Und wieder Anlauf, wieder ein Schlag, wieder das Schreien – wieder und wieder und wieder. Angelos Rücken war ein einziger blutiger zerfetzter Fleischhaufen. Gesicht, Tunika und Hände des Pater Familias troffen vor Blut.

Beim zehnten Schlag blieb der Engel stumm. Ohnmächtig sank er neben dem Tisch zu Boden. «Der Herr Professor wird wohl genug haben von seinem Philosph-Sein», stellte der Pater Familias mit eisiger Stimme fest. Er blickte in die Richtung der Sklaven an den Fenstern und Türen. Seine Stimme wurde wieder laut: «Schafft den seelenlosen Drecksklaven weg. Wenn er überlebt, soll er weiterhin meinen Sohn unterrichten. Wenn er nicht überlebt, soll es mir recht sein.»

«Augenblick!» Die Mater Familias wandte sich an die Sklaven, die herbeieilten. «Bringt den Lehrer meines Sohnes in mein Vorderzimmer, das niemand ohne meine Erlaubnis betritt. Niemand.» Sie schaute ihren Mann an. «Niemand. – Ruft den Medicus.» In würdiger Haltung ging sie in die eine Richtung davon, der Pater Familias in die andere.

Die Mater Familias fand ihren Sohn im Tempel der *Domus* vor den Götterstatuen kniend, schluchzend und betend. Sie trat leise hinzu und berührte seine Schultern. «Angelos verlangt nach dir. Der Medicus hat guten Bericht gegeben. Dein Engel hat nichts gebrochen, kein lebenswichtiges Organ ist verletzt worden. Angelos ist ein wirklicher Bote der Götter. Er sagt, dass seine Wunden nichts sind im Vergleich zu dem, was deiner Seele angetan worden ist.»

«Und was ist mit meinem Halbbruder?»

Die Mutter hielt einen Finger an die Lippen. «Pst. Vertrau mir, aber frag nie nach ihm oder nach Virtudina. Die Wände in der *Domus* haben Ohren. Ich bin zwar eine Frau, aber nicht ganz so machtlos, wie der Pater Familias es gerne haben möchte. Die Kaiserin ist meine Freundin. Du wirst Virtudina und Publius nie wieder sehen, aber es wird ihnen gut gehen. Ich wiederhole: Du darfst nie eine Frage stellen, weder hier noch anderswo. Bete für Virtudina und Publius und schliess in dein Gebet auch die Kaiserin mit ein.»

In Helvetien warf sich Aurelius Pontius Pilatus, überwältigt von seinen Erinnerungen, auf sein Lager und begann zu weinen. Der Mann, der in Helvetien Strassen baute, Städte gründete, den Weinbau förderte und den *Adula Mons* überquert hatte, der erfolgreiche Statthalter von Helvetien schluchzte wie ein Kind.

Drei Tage nach seinem Fast-Totschlag nahm Angelos den Unterricht mit Pontius wieder auf.

Publius und Virtudina waren verschwunden. Der Pater Familias fragte nie nach ihnen. Die Bestrafung des Griechen erwähnte er nie.

Dank dem Hauslehrer Angelos war Pontius zweisprachig aufgewachsen. Er konnte problemlos von der lateinischen Familiensprache in die Weltsprache Griechisch wechseln.

In seinem *Tabernaculum* im Fischerdorf am Ausgang des Krakensees, umgetrieben von Erinnerungen, sah Pontius seinen Hauslehrer deutlich vor sich, den Stock neben sich, den der Pater Familias dem Sklaven überreicht hatte mit dem Vermerk, mit demselben dem Sohn gewisse Lernstoffe, welche dieser sich nicht leichten Herzens anzueignen geruhe, ausgiebig einzurichten. Der Pater Familias schlich sich des Öfteren in einen Nebenraum, von wo er überprüfen konnte, ob vom Stock Gebrauch gemacht wurde. Bei gewissen Geräuschen aus dem Nebenraum, welche auf die horchende Anwesenheit des Pater Familias schliessen liessen, schlug der Engel mit dem Stock kräftig auf das Polster und freute sich über die Schmerzensschreie, die sein Schüler grinsend ausstiess. Mit der Zeit schöpfte das Familienoberhaupt allerdings Verdacht. Eines Tages, als der Engel die Polsterliege prügelte, stand wie aus dem Nichts der Pater Familias vor ihnen. Er hatte sich leise hereingeschlichen.

Der grosse Freund und der kleine Freund erschraken furchtbar. Der Pater Familias nahm Angelos den Stock aus der Hand. Würde sich das Entsetzliche wiederholen? Es wurde totenstill. In den Augen des Pater Familias blitzte es – doch nicht bedrohlich –, und um die Mundwinkel zuckte es, und auf einmal fing er an zu lachen. Für einmal begnügte er sich mit einer Examinierung des Wissens seines Sohnes.

Aurelius war in der Lage, die richtigen Antworten zu geben. Der Pater Familias war zufrieden. «Ich schulde dem Knaben die grösste Ehrfurcht», sagte er anerkennend, «und auch dem Lehrer.» Er fuhr mit der Hand über den Rücken des Sklaven. «Tut wahrscheinlich nicht mehr weh», stellte er fest. Als er sich entfernte und bereits bei der Türe war, kehrte er noch einmal zurück; er lächelte und nahm den Stock mit sich.

Lehrer und Schüler schauten ihm staunend nach. *«Miracula non requiescent»*, stammelte der Engel entgeistert, «es geschehen noch Zeichen und Wunder.»

Angelos unterrichtete Pontius in lateinischer Grammatik und Rhetorik. Die Kunst der Rede war für angehende Politiker, Senatoren und Statthalter von grösster Wichtigkeit. Man musste überzeugen können. Der grosse Freund und der kleine Freund lasen miteinander die Reden des berühmten Politikers Cicero, des Retters der einstigen Republik Rom. Der Putschist Catilina hätte beinahe den Senat auf seine Seite gezogen, hätte nicht Cicero mit seinen gut durchdachten feurigen Reden die Macht des Demagogen brechen können. Wenn Angelos mit schauspielerischer Leidenschaft geschichtliche Ereignisse aufleben liess, war es für Pontius, als ob er dabei gewesen wäre. Vor seinen Augen verwandelte sich der Engel in Cicero. Sie befanden sich im Senat. Catilina hatte einmal mehr seine Lügen vorgetragen. Da erhob sich Cicero. Mit einer Schriftrolle in der Hand trat er auf den Verräter zu. «Ist das deine Unterschrift, ja oder nein?» Der Angesprochene wurde kreidebleich. «Dein Gesicht spricht eine deutlichere Sprache als deine ganze Rede. Das ist, was du vorhast.» Cicero zeigte auf die Papyrusrolle. Er zitierte Aussagen, welche Catilina heuchlerisch eben gerade vorgetragen hatte, und konfrontierte sie mit Sätzen aus dem Dokument. «Wir haben Geduld gehabt mit dir», rief Cicero leidenschaftlich mit der Stimme von Angelos: «*Quo usque tandem abutere, Catilina, patientia nostra* – wie lange, Catilina, willst du unsere Geduld denn eigentlich noch missbrauchen?» Die Senatoren waren aufgesprungen und riefen den Satz, welcher in der Geschichte Roms eine Wendung bedeutete, stürmisch mit. Auch Pontius, der atemlos zugehört hatte, rief ihn mit und wiederholte ihn gleich mehrmals mit bebenden Lippen. Er war fühlte sich als zweiter Cicero. Wie Cicero wollte er seinem Land dienen. Es war gut, ein freier Römer zu sein.

Am Abend des Tages, den Lehrer und Schüler mit Ciceroreden verbracht hatten, liess sich der Pater Familias die Senatsdebatte vorführen. Als Pontius in der Rolle Ciceros laut durch den Saal rief: «*Quo usque tandem abutere, Catilina, patientia nostra*», wölbte sich die Brust des Familienoberhaupts in väterlichem Stolz.

«Mein Sohn, das ist eine grossartige rhetorische Leistung. Du bist schon fast ein Mann. Ich werde dich an die Wettkampfspiele im Colosseum mitnehmen.»

«An die Tierhetzen und Gladiatorenkämpfe?», fragte der Junge begeistert.

«Genau, mein Sohn. Immer am Morgen die Tierjagd mit Antilopen, Hirschen, Löwen, Elefanten und Bären, am Mittag die Massenhinrichtungen und am Nachmittag die Gladiatorenkämpfe.»

«Sind die Gladiatorenkämpfe nicht die Hinrichtungen?»

«Nein, mein Sohn, weder die Tierhetzen noch die Gladiatorenkämpfe sind Hinrichtungen. Hinrichtungen gibt es nur am Mittag. Da müssen Verbrecher gegeneinander kämpfen. Keiner darf überleben. Am Morgen dagegen gibt es viele Überlebende. Es sind die Tiere, die sterben müssen. Wenn die Jäger Glück haben, sterben sie selber nicht. Wer mehrmals Tiere besiegt hat, steigt auf zu den ruhmreichen Gladiatoren und wird reich. Gladiatoren sind begehrt bei den Frauen. Irgendeinmal stirbt zwar jeder Gladiator, doch meist erst nach vielen siegreichen Kämpfen. Gladiator Flamma ist sogar dreissig Jahre alt geworden, ehe er starb. Er hat dreiundzwanzig Siege erfochten und nur vier Niederlagen erlitten.»

«Und er wurde bei der ersten Niederlage nicht getötet?»

«Nein, der Kaiser oder das Volk können einen berühmten Gladiator begnadigen, wenn sie noch mehr Spiele mit ihm sehen wollen.»

«Wie begnadigen sie einen Gladiator?»

«Wenn der Kaiser den Daumen hebt, darf der besiegte Gladiator weiterleben; wenn der Kaiser den Daumen senkt, muss der Sieger den Verlierer durchbohren. «

«Und das Volk? Wie begnadigt das Volk?»

«Das Volk ruft: *Mittere! Mittere!* Lass ihn gehen. Oder es ruft: *Jugula!* Stich ihn nieder!»

«Gibt es im Kolosseum Toiletten?»

Um die Mundwinkel des Pater Familias zuckte es. Der Sprung von den Gladiatoren zu den Toiletten war ein abrupter Wechsel. Doch der Vater liess sich nichts anmerken.

«Selbstverständlich gibt es im Kolosseum Toiletten. Kein Mensch kann einen ganzen Tag im Kolosseum sitzen, ohne sich zu erleichtern. Es gibt Toiletten für die Vornehmen und Toiletten für das gewöhnliche Volk. Wir gehen natürlich auf die Toilette der Vornehmen.»

«Und werden wir auf der vornehmen Toilette den Kaiser sehen und dürfen wir mit ihm Würfel spielen, während er scheisst?»

Es hatte Pontius auf den öffentlichen Gemeinschaftstoiletten immer wieder beeindruckt, dass Männer auf Toilettenlöchern nebeneinandersitzend mit Würfeln spielten.

«Nein, mein Sohn», sagte der Pater Familias belustigt, «der Kaiser hat im Kolosseum seine eigene Toilette. Und bitte, gebrauche das Wort Scheissen für den Kaiser ausserhalb des Hauses nie wieder. Das ist Majestätsbeleidigung. Der Kaiser scheisst nicht, er erleichtert sich.»

«Aber Senatoren dürfen scheissen?»

«Ja, Senatoren dürfen scheissen.»

«Und sie gehen auf dieselbe Toilette wie wir?»

«Ja, natürlich, ich bin ja auch ein Senator.

«Und darf ich dann neben einem Senator sitzen und scheissen?»

«Ja, wenn der Sitz neben ihm frei ist, bestimmt.»

«Und darf ich die Cicerorede halten?»

Der Pater Familias richtete sich stolz auf. «Deine Cicerorede wird alle freuen. Normalerweise fachsimpeln sie auf den Kolosseumstoiletten darüber, welcher Gladiator siegen wird, und schliessen Wetten ab. Da wäre deine Rede für einmal etwas ganz anderes.»

«Und werden auch Frauen meine Rede hören?»

«Selbstverständlich, im Kolosseum sind die Toiletten wie überall in der Stadt für Frauen und Männer gemeinsam.»

Endlich etwas, das ihn nicht erschütterte, wenn er an den Pater Familias dachte. Der erwachsene Aurelius Pontius Pilatus in seinem Militärzelt in *Lucerna* musste lachen bei der Erinnerung daran, wie er sich den Kaiser auf der Toilette der Vornehmen vorgestellt hatte, im Gespräch mit wichtigen Persönlichkeiten Roms. Doch der Besuch der Toilette wurde auch ohne den Kaiser zu einem unvergesslichen Erlebnis.

Das Kolosseum war riesengross. Fünfzigtausend Menschen warteten der Dinge, die da kommen sollten. Kurz vor Beginn der Spiele zog der Kaiser mit Gattin und Gefolge im Kolosseum ein. Alle erhoben sich. «*Ave Caesar!*», jauchzte das Volk, «*Vivat! Vivat!*» Kaiser und Gemahlin winkten huldvoll. Das Volk setzte sich. Trommelwirbel, Posaunenschall und der tiefe Ton der Wasserorgel übertönten das Geplauder der Volksmenge. Es ging los. Verängstigte Antilopen schossen durch die Arena, verfolgt von erbarmungslosen Jägern. Es war ein kurzes Spiel. Die Antilopen wurden schnell erlegt. Länger dauerte es bei den Hirschen, die sich trotzig den Jägern entgegenstellten. Am aufregendsten war der Kampf auf Leben und Tod mit drei prächtigen Löwen. Ihre Herausforderer drangen auf sie ein mit Lanzen und mächtigen Stechgabeln. Die Löwen brüllten, duckten sich, rannten oder warfen sich mit gewaltigen Sprüngen auf die Hetzjäger, schlugen mit ihren Pranken um sich und bissen zu. Die dumpfen Töne der riesigen Wasserorgel liessen die Kraft der kämpfenden Löwen nachempfinden. Einer der Hetzer schaffte es nicht. Fünfzigtausend Menschen lachten schallend, als sein abgerissener Kopf durch die Arena flog. Doch schliesslich lagen die königlichen Tiere tot im Sand, die Helden erhoben triumphierend die Arme, ihr rechtes Bein auf die toten Tiere gestellt.

Und dann war es so weit. Der Pater Familias hatte ein dringendes Bedürfnis. Pontius war ganz aufgeregt. Jetzt würde er seinen Auftritt haben. Im Kolosseum gab es künstlerisch reich ausgeschmückte Toiletten mit schönen Bodenmosaiken, an den Wänden Fresken mit kopulierenden Menschen. Öllämpchen verbreiteten ein warmes Licht. Die vornehmen Frauen in ihren hochgezogenen Prachtsgewändern und die edlen Männer mit geschürzten Tunikas auf Marmorbanklöchern, alle ihr Geschäft verrichtend, sahen aus wie brütende Hennen. Zwei Männer würfelten selbst in der Kolosseumsscheisshalle um Geld. Die Namen berühmter Gladiatoren fielen. Frauen tauschten Neuigkeiten aus: wer gestorben war, wer wen heiraten würde, wie viel ein Ballen Stoff kostete. Der Pater Familias verrichtete sein Geschäft neben einem Weinhändler, ein echtes Geschäft, besiegelt mit Druck – Händedruck.

Der Statthalter von Helvetien lachte laut heraus bei der Erinnerung an die Geschäfte in den öffentlichen Toiletten. Der Abschluss eines Geschäfts auf der Toilette hatte durch die Römer eine neue Bedeutung erlangt. Selbst in Helvetien brauchten die Menschen in den römischen Handelsstädten den Ausdruck *ein Geschäft machen*, wenn sie sich erleichtern wollten.

Damals im Kolosseum hatten sich der Pater Familias und der Weinhändler viel Zeit genommen, bis sie schliesslich handelseinig geworden waren. Der Pater Familias hatte während des Handels auch sein natürliches Geschäft vollendet. Er gab einem Sklaven ein Zeichen. Dienstfertig eilte dieser mit dem Reiniger herbei, einem Stab, an dessen Ende ein Schwamm befestigt war. Wer sein Darmgeschäft erfolgreich abgeschlossen hatte, tauchte den Schwamm in das Wasser, das in einer Rinne vor den Sitzenden floss, schob den Stock durch das Zwischenloch unter dem Marmorsitz, und reinigte auf diese Weise den Allerwertesten. Beim Ausgang bezahlten die Gäste den Toilettenpreis und gaben den Reiniger zurück. Dieser wurde gesäubert und für den nächsten Gast gebrauchsbereit gemacht.

Der kleine Pontius war immer gern in die öffentlichen Toiletten mitgegangen, hatte aber noch nie eine Rede gehalten. Nun war die Zeit gekommen. Seine klare, geschulte Kinderstimme übertönte selbst das Zischen, Plumpsen und Furzen. Er hielt eine Rede über Staatssicherheit, die er mit Hilfe von Angelos aufgebaut hatte. Als er am Schluss in die Kackgemeinschaft rief: «*Quo usque tandem abutere, Catilina, patientia nostra!*», applaudierten die Zuhörer. Sie sagten ihm eine glänzende Karriere als Politiker voraus.

Eben erst eingetretene Frauen und Männer erkundigten sich nach dem Grund der Ausgelassenheit. Angesteckt von dem Gelächter wollten auch sie die Rede mit dem berühmten Satz hören. Pontius musste sich erneut auf ein Loch setzen und – den Reiniger wie eine Trophäe in die Luft haltend – rufen: «*Quo usque tandem abutere, Catilina...!*» Dem Pater Familias war die Verzögerung nur recht. Er hatte bereits einen weiteren Geschäftsfreund ausfindig gemacht.

Die Begeisterung wollte kein Ende nehmen. Pontius musste seine Vorstellung zwei-, dreimal wiederholen. Jedes Mal bei dem berühmten Catilinasatz krümmten sich die Defäkierenden auf ihren Sitzlöchern vor Lachen.

Als Vater und Sohn endlich auf ihre Sitzplätze in der Arena zurückkehrten, ging gerade das Mittagsprogramm mit der Hinrichtung der Verbrecher dem Ende entgegen. Im blutdurchtränkten Sand lagen Leichen, erstochen, erschlagen, durchbohrt, erwürgt. Fünfzigtausend Zuschauer rasten in ekstatischem Blutrausch. Für keinen der Verbrecher gab es Gnade. Auf den Sieger des Gemetzels wurden hungrige Löwen gehetzt. Pontius hörte Knochen krachen.

Der Pater Familias öffnete fröhlich den Picknickkorb. Es gab geröstete Tauben, Brot und Wein aus dem eigenen Weinberg. Der Knabe liess es sich schmecken. An einem Taubenflügel kauend blickte er auf die gegenüberliegende Seite des Kolosseums, auf die grosszügig ausgestattete Ehrentribüne. Der Kaiser war nicht zu sehen. Der Junge grinste verstehend. «Der Kaiser scheisst nicht, er erleichtert sich», flüsterte er vergnügt und liess dem Taubenfleisch einen Schluck Wein folgen.

Sklaven räumten die Leichen fort und brachten neuen Sand.

Der Kaiser erschien auf der Ehrentribüne. Er kehrte gemessenen Schrittes an seinen Ehrenplatz zurück. Er trug nicht die leichte Tunika, sondern die wunderschöne Toga, die aus sehr viel Stoff bestand. Pontius überlegte sich, wie man sich mit so viel Stoff überhaupt auf die Toilette setzen konnte. Bei Kaiserempfängen trug auch der Pater Familias eine Toga. Die Sklaven brauchten jeweils eine halbe Stunde, bis sie ihrem Herrn das riesengrosse

Tuch umgehängt hatten, das in vornehmen Falten an ihm herabhing. In einer Toga konnte man nur würdevoll schreiten, sonst verschoben sich die Falten.

Unter den feierlichen Klängen der Wasserorgel zog eine Prozession durch die Arena, angeführt von Priestern und Priesterinnen in feierlichem Ornat, Weihrauchkessel schwingend, gefolgt von den Gladiatoren, alle halbnackt, mit eindrücklich muskelgestärktem Oberkörper, mit Helm, Bein- und Armschienen, Schwert und Schild. Sie stellten sich in Reih und Glied vor die Ehrentribüne. Die Wasserorgel verstummte. «*Ave Caesar, morituri te salutant*», riefen sie. «Heil dir, Kaiser, die Todgeweihten grüssen dich.»

Der Kaiser grüsste mit einem majestätischen «*morituri aut non*» zurück: «dem Tod geweiht oder auch nicht dem Tod geweiht.» Was er mit diesem Gruss meinte, zeigte er, indem er mit dem Daumen Leben schenkend nach oben zeigte und ihn dann Tod bringend nach unten senkte. Es war ein geradezu gottesdienstlicher Akt. Er hob segnend die Arme.

Die Zuschauer jubelten; sie schrien die Namen ihrer Lieblinge:

«Tetraites! Priscus! Verus! Sertor! Publius! Opiter!»

«Philippos!», rief eine Kinderstimme.

War Philippos überhaupt dabei? Pontius hatte noch nie einen Gladiator gesehen. Philippos war Grieche. Der Junge hatte seinen Namen von Angelos gehört. Den vom Engel verehrten griechischen Gladiator wollte auch er unterstützen, auch wenn er ihn nicht kannte.

«Philippos!»

Konnte Philippos die Kinderstimme überhaupt hören? Doch die Akustik in den römischen Amphitheatern war hervorragend. Bei Aufführungen hörte man die Schauspieler, selbst wenn sie flüsterten.

«Philippos! Philippos!» Das Kind rief unentwegt weiter.

Tatsächlich, einer der Gladiatoren blickte in seine Richtung und winkte.

«Philippos, ich bete zu den Göttern, dass du siegst», rief er auf Griechisch.

Philippos warf ihm eine Kusshand zu. Pontius war ausser sich vor Freude und Stolz.

Auf ein Zeichen der Wasserorgel begannen die Kämpfe. Gekämpft wurde in zwei Akten, zuerst mit stumpfen hölzernen Waffen, anschliessend mit dem scharfen Schwert. Es galten strenge Regeln. In den Gladiatorenkämpfen wurde das römische Kampfideal dargestellt, die Willigkeit zum Sieg. Diese Einstellung hatte Rom zur Weltmacht gemacht. Und sollte es ausnahmsweise eine Niederlage absetzen oder einer der kämpfenden Soldaten das Leben verlieren, so hatte er mannhaft in den Tod zu gehen. Der unterlegene Gladiator bot die Brust oder den Hals dem tödlichen Schwert dar. Pontius lief es bei dieser Symbolik wonniglich kalt und warm über den Rücken.

Bei langsamen Klängen der Wasserorgel gingen immer zwei Gladiatoren prüfend, abwägend aufeinander zu. Wurden die Orgeltöne schneller, wurden auch die Gladiatoren schneller. Schwerter blitzten und klirrten; mit dumpfem Klang krachten sie auf Schild und Helm des Gegners. Das Volk feuerte die Kämpfer an, brüllte und tobte vor Begeisterung. Die Gladiatoren wichen einander aus, provozierten, schlugen zu. Verlor einer den Schild oder hatte er das feindliche Schwert auf der Brust oder lag er gar am Boden, wurde es atemlos still. Alle schauten auf den Kaiser. Würde dieser den Daumen heben oder senken, oder sollten sie selber durch Schreien ihren Willen kundtun?

Gebannt schaute Pontius zu. Anfänglich waren Kaiser und Volk gnädig gestimmt. Sie wollten ihre Lieblinge am Leben lassen. Doch allmählich wurden die Gladiatoren müde. Im Publikum breitete sich eine gewisse Langeweile aus. Das Spiel musste lebendiger werden – tödlicher. Der zweiundzwanzigjährige Sertor war an diesem Tag offensichtlich nicht in bester Form. Bereits zweimal hatte er den Schild verloren, einmal hatte er sogar am Boden gelegen. Das erste Mal war es das Volk gewesen, das ihm durch Rufe das Leben geschenkt hatte, zweimal hatte der Kaiser gnädig den Daumen nach oben gehalten. Allmählich wandelten sich die ihn anfeuernden Jubelrufe in Buhrufe. Seine Freunde ahnten, dass die Zeit ihres Helden abgelaufen war. Das Volk wollte Blut sehen. Ein weiteres Mal schlug der nicht müde werdende Philippos Sertor den Schild aus der Hand. Unbedeckt stand der schöne Kämpfer vor Philippos. Heldenhaft bot er seine Brust dar. Das Volk applaudierte. Die Wasserorgel spielte einen fragend langen Ton. Der Kaiser erhob sich. Ehrerbietend neigte er sein Haupt, dann hob er die Hand – Pontius stockte der Atem – und senkte den Daumen.

Der Todeskandidat wölbte die Brust. Philippos sprach feierlich die Worte: «*Dulce et decorum est pro Caesare et Imperio mori* – es ist süss, für Kaiser und Imperium zu sterben.» Dann stiess er zu. Das Idol so mancher vornehmen Römerin sank tot zu Boden. Philippos verneigte sich; das Volk erhob sich. Die Orgel spielte. Sklaven trugen den toten Helden auf einer blumengeschmückten Trage durch das Tor der *Mana Genita*, der Göttin der Geburt und des Todes.

Die Orgel verstummte; das Volk setzte sich wieder. Würdigen Schrittes kam der Kaiser von der Ehrentribüne herabgeschritten. Philippos kniete sich nieder. Er küsste dem Kaiser die Füsse. Der mächtigste Mann im Imperium Romanum überreichte dem Griechen die Siegespalme mit den feierlichen Worten: «*Fortes fortuna adiuvat* – dem Tapferen hilft das Glück.»

Pontius war tief bewegt; er hatte Tränen in den Augen. Brausende Orgelklänge erfüllte das Kolosseum; die Schau war zu Ende.

Kapitel 4
Geld stinkt nicht

«Ich bete zu den Göttern, dass du siegst.» Der Ruf, mit dem er
den griechischen Gladiatoren angefeuert hatte, brachte Aurelius
Pontius Pilatus zurück in die helvetische Gegenwart. «Ich bete zu
den Göttern», hatte er im Kolosseum gerufen. Glaubte der Statthalter überhaupt an die Götter? Oder glaubte er gar an den einen
Gott?

«Damals haben sie mich erhört, die Götter», murmelte er fast
betend. «Angelos hat sich von seinem Fast-Totschlag durch den
Pater Familias erholt. Ich hatte gebetet. Und Philippos hat tatsächlich gesiegt. Auch für ihn hatte ich gebetet. Ich war ein Kind.
Ob die Götter Kinder wohl besonders erhören? Später hat mich
dann kein Gott mehr erhört; selbst der Gott der Juden, der allen
Grund gehabt hätte, mich zu erhören, hat versagt», seufzte er
resigniert. «Man muss selber Gott sein, mit Redegewandtheit und
juristischem Geschick. Man muss alles selber machen. *Hilf dir
selbst, so hilft dir Gott.* Doch auch der Gott, der ich selber geworden war, hat nicht geholfen. Alle erlernte Redegewandtheit Ciceros hat nichts genützt, als ich versuchte, Jeschua zu retten.»

Pontius stampfte wütend. «Sie nennen mich den glücklichen
Statthalter, dem alles gelingt in diesem wilden Land; der Statthalter, der den Strassenbau in den Bergen fördert, Brücken über
reissende Flüsse baut, Strassen in Wäldern und Sümpfen anlegt
und den Handel mit Säumern und Saumtieren in Gang bringt –
'diesem Pontius gelingt einfach alles', sagen sie. Ach, wenn die
wüssten... wenn die wüssten... Doch selbst wenn sie es wüssten,
verstehen würden sie es nicht. 'Pontius hat schon als Kind zu
blutigen Schauspielen fröhlich gegessen und getrunken', würden
sie sagen, 'als Statthalter von Judäa hat er hunderte von Juden
gekreuzigt und deswegen keine einzige schlaflose Nacht verbracht.
Warum nur quält er sich ausgerechnet mit diesem einen Möchte-
gern-König der Juden? König der Juden sein zu wollen, ist nun

einmal ein Staatsverbrechen, Hochverrat. Der Verbrecher gehörte ans Kreuz. Warum grämt sich Pontius? Was ist mit diesem römischen Politiker los?' Ach, wenn die wüssten... wenn die wüssten und verstehen könnten! Ich verstehe es ja selber nicht. Bei Zeus oder dem jüdischen Gott, ich verstehe es einfach nicht. War ich eigentlich schon immer schwermütig? Nein! Oder doch? Hatte ich eine glückliche Kindheit? Gefehlt hat mir jedenfalls nichts. Mangel habe ich nie gekannt. Oder hat mir die Elternliebe gefehlt? Lieben römische Eltern ihre Kinder überhaupt? Lieben reiche Leute ihre Kinder? Lieben arme Leute ihre Kinder? Arme Menschen zeugen Kinder, damit jemand sie in Alter und Gebrechlichkeit ernähre und pflege. Ein freier reicher römischer Bürger zeugt Kinder, damit er selber als kleiner Kaiser über ein Reich herrsche. Das Hauskaisertum öffnet den Blick für das grosse Imperium. Reiche Eltern zeugen Kinder für Kaiser und Imperium. Das ist es, was ich erlebt habe.»

Der Pater Familias war sehr stolz auf seinen Sohn Aurelius Pontius Pilatus gewesen. Er führte ihn andern Menschen vor, was dem Sohn durchaus nicht unangenehm war. Er genoss das Vorgeführt-Werden und Aufführen. *Quo usque tandem abutere, Catilina, patientia nostra!*

Der Statthalter lächelte. Das war sein erster öffentlicher Erfolg gewesen. Mit Liebe hatte das allerdings nichts zu tun. Den strengen Vater fürchtete und hasste er. Selbst in Helvetien hasste er den toten Vater nach wie vor. Die Mutter hatte er, wie er annahm, manchmal fast geliebt. Er erinnerte sich, dass er sie vermisst hatte, wenn sie nicht zuhause war oder sich nicht um ihn kümmern konnte. Doch wann hatte sie sich überhaupt um ihre Buben gekümmert, um Pilatus oder um seine älteren Brüder? Für sie gab es nur seine Schwestern, die genauso werden mussten wie sie.

Pontius holte tief Atem. Einer hatte ihn geliebt, wirklich geliebt, und er ihn auch. Pontius war trotz allem ein geliebtes Kind gewesen, geliebt nicht von Vater und Mutter, aber geliebt von einem

Engel. Der Statthalter nickte. «Ich glaube an Engel», sprach er laut aus, «ich habe Engel erlebt. An Engel glaube ich, aber an Götter? An Gott? Nein, an die Götter glaube ich nicht. An den Teufel? Ja, unbedingt. Einen von ihnen habe ich erlebt, zur Genüge erlebt!»

Der Teufel, das war der Pater Familias. In der Kindheit des Statthalters hatten Macht und Ohnmacht miteinander gekämpft; der mächtige Pater Familias in seinem verletzten Stolz, seiner Wut mit seinem glühenden Hass gegen die Liebe des Engels. Was Liebe war, hatte der Pater Familias nie gewusst. Oder war der Hass seines Erzeugers auch so etwas wie verkappte Liebe gewesen? Konnte Teufelswerk Vaterliebe sein oder Vaterliebe Teufelswerk? Sein Erzeuger war eifersüchtig gewesen auf einen Sklaven, eifersüchtig und neidisch; neidisch, weil der Sklave gebildeter war als der reiche Senator, neidisch auf dessen ethische Haltung, neidisch auf dessen Menschenliebe. Eifersüchtig war er gewesen, weil der Sohn den Sklaven liebte und nicht ihn, den Vater.

Der Pater Familias, der Senator Gaius Pontius Pilatus, war auf dem Land aufgewachsen als Sohn eines Grossgrundbesitzers. Gaius erwies sich als tatkräftiger, kreativer Mann, der wusste, was er wollte. Er verlegte sein Haupttätigkeit nach Rom. Am Ufer des Tiber baute er eine florierende Wäscherei-Walkerei auf. Für diese Tätigkeit war er auf Urin angewiesen. Der im Urin enthaltene Ammoniak löst Fett und Schmutz auf. An belebten Plätzen, vor Tempeln und auf Märkten, richtete er Urinwinkel ein. Menschen mit voller Blase stellten sich über Amphoren mit weiter Öffnung und liessen ihren Urin in das grosse Gefäss strömen. Gaius Pontius Pilatus liess den Urin auf von Eseln gezogenen Karren in die Walkerei bringen. Dort wurden die schmutzigen Kleider der Kunden über Nacht in mächtigen Bottichen im Urin eingeweicht. Schon als kleiner Junge hatte Aurelius die Manufaktur des Vaters eine *Pedefaktur* genannt, ein Unternehmen, in dem mit den Füssen gearbeitet wurde. Er liebte es, den Walkersklaven zuzuschauen, wenn sie mit ihren nackten starken Beinen und

Füssen die schmutzigen Kleider im Urin kräftig durchstrampelten und durchwalkten. Bei seinem ersten Besuch in der Walkerei hatte er sich noch die Nase zugehalten und gesagt: «Papa, das stinkt.» Der Pater Familias hielt ihm die Münzen unter die Nase, mit denen ein zufriedener Kunde für das Waschen und Bügeln bezahlt hatte. Das Kind roch daran und sagte: «Der Rohstoff stinkt zwar, aber Geld stinkt nicht.» Der Pater Familias und die Sklaven lachten. Der Satz des Kindes wurde zu einem geflügelten Wort: *Geld stinkt nicht.* Aurelius war so begeistert, dass er Oberkleid und Sandalen auszog und sich von seinem Vater zum fröhlichen Mitstampfen in einen Bottich heben liess.

Nach der Walkerei im Urin wurden die Kleider im Tiber gründlich gespült und zum Trocknen an Stangen gehängt. Das Schwierigste war das Bügeln der gewaschenen und getrockneten Gewänder. Die Walkerei des Pater Familias war berühmt für die besonders sorgfältig gepressten Bügelfalten. Das Geschäft mit dem Urin hatte ihn zu einem der reichsten Männer der Stadt gemacht.

Der Pater Familias war ein vielbeschäftigter Mann. Auf dem Landsitz der Familie ausserhalb Roms überwachte er die Wein- und Getreideproduktion, in der Wäscherei besprach er sich mit den Walkern und Büglern und hielt die Kunden bei Laune. Als berühmter Mann war er ohne weiteres in den Senat gewählt worden. Am Kaiserhof war er Mitarbeiter und Berater der Handelskammer.

Auch die Mutter war vielbeschäftigt. In der *Domus* trug sie die Verantwortung für die Sklaven und Sklavinnen, sie veranstaltete die Zusammenkünfte der vornehmen Damen und nahm mit ihrem Gatten an den kaiserlichen Empfängen teil. Die Erziehung der Kinder lag weitgehend in der Hand der Sklaven.

«Ja, ja, Pater Familias», sprach der Statthalter von Helvetien mit schmerzlichem Unterton, «für dich war der Handel mit Wein, Weizen und Urin wichtiger als die Liebe zu den Kindern. Aber ich hatte ja ihn. Was ich bin, verdanke ich ihm. Ich kann denken, planen, reden, überzeugen. Das ist die Frucht des Rhetorikunterrichts meines Engels. Wie viele wunderbare Schriftrollen haben wir zusammen gelesen, griechische und lateinische Texte; die Griechen Homer, Hesiod, Aristoteles, Sokrates und Platon; die Lateiner Horaz, Ovid, Vergil, und immer wieder Marcus Tullius Cicero. Diese Kostbarkeiten hat mir mein Engel geboten. Aber er hat mir nicht nur Rhetorik, Literatur, Latein und Griechisch beigebracht, sondern auch Mathematik und Astronomie und Musik. Sport war ebenfalls wichtig. Der Engel hat mich auf anstrengende Tag- und Nachtmärsche mitgenommen, als Vorbereitung für meine politisch-militärische Laufbahn. Mit dem liebevollen Engel und einem vernünftigen Vater hätte ich eine ungetrübte Kinderzeit haben können. Wenn die Vernunft vernünftig wäre. Aber die Vernunft ist nicht immer vernünftig. Vernunft kann durchaus auch Wahnsinn sein. Der Wahnsinn kann ein ganzes Volk erfassen, die Politiker, die Generäle, die Wirtschaftsfachleute. Der Wahnsinn des Pater Familias war keine Ausnahmeerscheinung. Sein Wahnsinn war römischer Männerwahnsinn, von den Frauen akzeptiert, gebilligt und als normal befunden.»

Kapitel 5
Römische Sexualerziehung

Die Tragödie im Zusammenhang mit dem unbewilligten Ritt zum Scherbenberg hatte Pontius nie vergessen. Die Narben auf dem Rücken des Engels riefen ihm das Stockdrama und die von Mama und der Kaiserin organisierte Flucht seines Halbbruders und von dessen Mutter immer wieder in Erinnerung. Aber es gab auch wohltuende Erlebnisse mit dem Vater: der Pater Familias, der den Stock aus dem Unterrichtsraum schmunzelnd entfernte, die von Papa geförderte Rede auf der Gemeinschaftstoilette und nicht zuletzt das fröhliche Wäschestampfen in der Walkerei. Aber dann auf einmal das...

Eine kindliche Bemerkung war es gewesen, welche eine neue Tragödie in der *Domus* auf dem Esquilin ausgelöst hatte. Jedem anderen Vater wäre bei einer derartigen Aussage das Herz warm geworden. Schmunzelnd würde er den Ausspruch des Sohnes weitererzählt haben. Aber der Pater Familias war nicht jeder andere Vater. Der kleine Sohn verstand nicht, warum der Pater Familias, der sonst im Morgenbad geradezu gemütlich sein konnte, sich bei einer liebevoll gemeinten Bemerkung aufgeregt hatte. Pontius bewunderte seine grossen Brüder, ihre Klugheit, ihre Arbeit, ihre Verantwortung. Erstaunlich, was diese jungen Männer alles wussten und konnten!

Und dann rutschte es aus ihm heraus, in aller Unschuld, den Blick treuherzig auf Papa und die Brüder gerichtet: «Meine Brüder wissen viel, aber mein Papa weiss sehr viel mehr, doch am allermeisten weiss Angelos.»

Dem Pater Familias fiel der Bimsstein aus der Hand, mit dem er die Rücken seiner grossen Söhne schrubbte. «Wie kannst du so etwas sagen?», brüllte er.

«Mein Papa spricht lateinisch, aber mein Angelos spricht lateinisch, griechisch und aramäisch», antwortete der Sohn eingeschüchtert.

Der Pater Familias war augenblicklich aus dem warmen Wasser gestiegen. Beim Frühstück hatte er kein Wort mit seinem Jüngsten gesprochen. Grusslos war er davongeritten und seiner Arbeit nachgegangen.

Die Erinnerung trieb dem Statthalter die Zornesröte und die Schamröte gleichzeitig ins Gesicht. Zorn über das, was der Pater Familias getan hatte; Scham, weil er den Pater Familias immer noch hasste. Wie kann man als reifer Mann seinen längst verstorbenen Vater immer noch hassen und trotzdem irgendwie lieben? Was sind wir Menschen doch für seltsame Lebewesen!

Das neue Drama in der *Domus* auf dem Esquilin war nicht die Folge eines spontanen Wutanfalls gewesen. Mehrere Tage waren seit Pontius' kindlich-fröhlicher Äusserung im Bad verstrichen. Was Senator Gaius in der Folge unternahm, war das Resultat eines eiskalt durchdachten Plans.

Angelos und der Engel hatten keine Ahnung, was für Absichten den Pater Familias eines Nachmittags in den Unterricht eindringen liessen. Er kam ohne Stock, ruhig, gelassen, wohlüberlegt. Der feinfühlige Lehrer begann zu zittern, wogegen der Sohn den Pater Familias unbekümmert anblickte. Vielleicht war, wie so oft, eine kleine Prüfung fällig, verbunden mit einer Belohnung. Pontius war schon längere Zeit nicht mehr im Thermalbad gewesen. Er würde ganz gerne wieder einmal mit Angelos in der Sportanlage ringen, lieber ohne den Körper mit Sand einzureiben, mit Öl war es viel angenehmer. Auch auf das Wagenrennen freute er sich, aber diesmal würde er siegen. Was also wollte der Pater Familias von ihnen?

«Aurelius», sprach der Vater mit ruhiger Stimme, «du bist zwar noch ein Kind, aber es ist gut, wenn Knaben bereits als Kinder lernen, was sie als Männer tun müssen. Du wirst eines Tages eine

Familie gründen und dem Kaiser und dem Imperium Soldaten schenken. Kinder zeugen hat mit Sex zu tun. Das weisst du bereits. Aber es gibt vieles, was du noch nicht weisst. Sex hat viele Funktionen. Er steht nicht nur im Dienst der Fortpflanzung. Sex dient auch der Entspannung und der Gesundheit, und Sex dient der Kameradschaft. Zwei Soldaten, welche sexuell miteinander verkehren, fühlen sich so eng verbunden, dass jeder das Leben für den andern einsetzt. Die Kameradschaft hat unser Heer unbesiegbar gemacht. Ein Römer lässt nie einen Kameraden im Stich.»

Der Kleine nickte eifrig. Das leuchtete ein. Ein Römer lässt nie einen Kameraden im Stich.

«Und nun hör gut zu, Junge, hör ganz gut zu. Das ist ebenfalls eine Stärke unserer Heere: Sex ist eine Waffe. Wiederhol das, Aurelius.»

«Sex ist eine Waffe», wiederholte Pontius brav.

«Im Krieg die Frauen und Männer der Feinde penetrieren, das verbreitet Angst. Angst führt zu Gehorsam. Und es bringt römisches Blut in die unterdrückten Völker. Verstehst du das, Aurelius?»

«Ja, Vater, das verstehe ich. Eines Tages, wenn ich Hauptmann bin, werde ich mit meinen Soldaten mit der Sexwaffe zeigen, wer das Sagen hat.» Pontius hatte vor Eifer rote Wangen. Angelos war kalkweiss geworden.

«Aurelius, bist du bereit zu einem ersten Waffengang?»

«Waffengang wie Fechten oder Wagenrennen im Thermalbad?»

«Ja, so ähnlich.»

«Ich bin bereit.»

«Gut, zieht euch aus.»

Pontius hatte volles Verständnis, dass man sich zu einem Sexwaffengang ausziehen musste. Das würde mindestens so lustig sein wie das Wagenrennen, vielleicht sogar so angenehm wie der Ringkampf.

Angelos und Pontius entledigten sich ihrer Tunikas. Der Engel angstvoll, Pontius fröhlich und guter Dinge.

Das Sexwaffenspiel begann nach den Anweisungen des Pater Familias mit einer Massage mit Öl. Das Sexwaffenspiel des Pater Familias schien jedoch andere Regeln zu kennen als der Ringkampf im Thermalbad. Im Thermalbad hatte sich Pontius, mit Ausnahme des Rückens, immer selber mit Sand oder Öl eingerieben. An den Intimstellen hatte ihn der Engel nie berührt. Diesmal war es anders. Mit einer Kräuterölmischung massierte der Sklave den Körper des Knaben, den Po und die Geschlechtsteile. Ein ungewohntes, herrliches Gefühl fuhr durch seinen ganzen Körper. Als der kleine Pimmel des Knaben sich lustvoll hob und vor Erregung zitterte, gab der Pater Familias durch ein Nicken das Zeichen für die Fortsetzung des Waffengangs.

Mit derselben Kräuterölmischung machte sich der Sklave den Anus geschmeidig, dabei unablässig den Penis des Knaben weiter streichelnd, damit dieser die Erektion nicht verlor. Dann legte er sich auf Befehl des Pater Familias auf den Rücken und legte die Beine über die Schultern des Kindes. Das war nun allerdings befremdend, angsteinflössend – und dennoch irgendwie erregend.

Angelos führte das steife Pimmelchen des Knaben sanft in seinen Anus ein. Das war nicht mehr angenehm. Das war ekelhaft. Das Loch war doch für die Kacke! Andererseits war es ja genau so wie auf den Fresken.

«Bewegen», befahl der Pater Familias, «beweg' deinen Körper, Sohn.»

Pontius fühlte sich hilflos. Was für Bewegungen wurden da von ihm verlangt? Er versuchte sich krampfhaft zu erinnern, was er im Thermalbad gesehen hatte, wenn er jeweils ganz kurz und angewidert durch eine Vorhangspalte in die Boxen geblickt hatte.

«Sohn, willst du dich wohl bewegen!»

«Es geht doch gar nicht», jammerte das Kind. Sein Pimmelchen war erschlafft.

«Ich zeige es dir», erklärte Angelos, das Kind beruhigend, obwohl er selber vor Angst zitterte. Durch Streicheln brachte er das Pimmelchen des Kleinen wieder in Stellung. Dann umschlang er den Körper des Buben und bewegte ihn auf und ab. Um den Ekel und das Elend des Kleinen zu lindern, flüsterte er ihm ins Ohr: «Hoppe, hoppe Reiter.»

Das war es also. Es war wirklich ein Spiel. Die Männer auf den Fresken spielten hoppe, hoppe Reiter. Pontius begann sich auf seinem Pferd sachte zu bewegen, den Kopf liebevoll an dessen Hals schmiegend. Das Pimmelchen war immer noch steif.

Senator Gaius beobachtete die liebevolle Anlehnung des Kopfes seines Sohnes mit Missmut. Die väterlich-lehrerhafte Stimme des Pater Familias verlor ihre Liebenswürdigkeit.

«Schneller bewegen!», donnerte er. Er wollte die liebevolle Zuwendung verhindern.

«Schneller!»

Angelos flüsterte den Takt: «Ein, aus, ein, aus, ein, aus!»

«Genug, runter von dem Sklaven», knurrte der Pater Familias. «Du hast es schlecht gemacht, Aurelius, sehr schlecht. Du hast dich mit Gefühl an den Griechen geklammert. Gefühl hat man nur bei Menschen, aber nicht bei Sklaven oder Feinden.»

«Angelos ist ein Mensch, ein guter Mensch; er ist mein Freund», widersprach das Kind trotzig.

Der Pater Familias verabreichte ihm eine Ohrfeige. «Da hast du für das Wort Freund!»

«Er ist mein Freund. Ich liebe ihn. Dich dagegen hasse ich! Ich hasse dich!» Der Sohn stampfte mit den Füssen.

Das zornesrote Familienoberhaupt verabreichte ihm eine zweite Ohrfeige. «Diese Ohrfeige ist nicht für den Hass, sondern für den Freund. Mich sollst du fürchten.»

«Er ist mein Freund! Ich hasse dich!» Pontius zitterte vor Wut, Trauer und Ekel.

Eine weitere Ohrfeige knallte.

«Ich will dir zeigen, dass der Grieche ein Sklave ist. Ich will dir zeigen, was Sklaven brauchen.»

Der Pater Familias stellte sich über den nackten Griechen, zwang ihm die Beine auseinander, krempelte sich die Tunika hoch und rammte seinen erigierten Kolben in den Anus des Wehrlosen.

Ein gellender Schrei ertönte. Es war jedoch nicht Angelos, der aufschrie, sondern Pontius. Der Grieche selber presste die Augen zu und wandte das Gesicht ab. Er biss sich auf die Lippen, um nicht zu schreien.

«Sklave bist du, und Sklave bleibst du», schnaubte der Gewalttäter. «Ich will dich winseln hören.»

«Hör auf», schrie Pontius; er versuchte den Vergewaltiger vom Körper des Engels wegzuziehen.

Der Pater Familias stiess den Sohn so heftig von sich, dass dieser rücklings zu Boden stürzte. Der Gewalttäter bohrte sich tiefer in sein Opfer, unter immer heftigerem Gekeuche und Gestöhn, immer weiter, bis zum Höhepunkt. Dann endlich liess er von seinem Opfer ab. Er ordnete die Tunika und holte tief Atem. «Sklave, erweise deine Dankbarkeit.»

Angelos erhob sich – mit sichtlicher Mühe, er hatte Schmerzen. Er warf sich vor dem Pater Familias zu Boden, küsste dessen Füsse und sprach: «Danke, Herr, ich bin der Sklave, du bist der Herr.»

Erhaben wie der Feldherr nach einer siegreichen Schlacht stand der Pater Familias über seinem Opfer. Er hörte sich die Demutsbezeugung des Sklaven mit Genugtuung an. «So sollst du es auch machen, Sohn», sprach er. «Zeig dem da», er stiess mit dem Fuss verächtlich an Angelos' Bein, «zeig dem da und den andern, dass sie Sklaven sind.» Seine Stimme klang wieder wie die Stimme eines grosszügigen Vaters. «Von heute an stehen dir sämtliche Sklaven und Sklavinnen des Hauses zur Verfügung – doch nur unsere eigenen Sklaven.»

Er blickte ernst. «Hüte dich, einen fremden Sklaven zu vergewaltigen. Fremde Sklaven zu vergewaltigen gilt als Sachbeschädigung und ist strafbar. Und noch etwas, Sohn. Pass gut auf! Wenn du es mit Männern treibst, sollst du dich von ihnen nie penetrieren lassen, weder von einem Sklaven noch von einem Freien. Penetrieren ist männlich und gut. Penetriert werden ist weiblich; für Frauen in Ordnung, für einen Mann weibisch. Es ist zwar nicht strafbar, aber unehrenhaft. Männer, die sich penetrieren lassen, werden ausgelacht. Den da, deinen Sklaven sollst du penetrieren, so oft du dazu Lust hast. Sollte er dagegen je dich penetrieren», die Stimme des Pater Familias wurde wieder laut und drohend, «bringe ich ihn eigenhändig um! Ich gehe jetzt.»

Die Stimme wurde honigsüss: «Vergnügt euch noch, ihr beiden.»

Als letzte Machtdemonstration schlug er die Türe zu, dass die Wände zitterten.

Pontius rannte zu der verschlossenen Tür. «Ich hasse dich! Ich hasse dich!», heulte er. Mit beiden Fäusten hämmerte er gegen die Tür. «Ich hasse dich!»

«Mach es nicht noch schlimmer», stöhnte Angelus, der am Boden lag und sich vor Schmerzen wand. Aus seinem Anus tropfte Blut. Der Pater Familias hatte ganze Arbeit geleistet.

«Blut! Du blutest! Er hat dich verletzt.» Pontius kniete sich neben den am Boden Liegenden und streichelte ihn.

«Jetzt weisst du, auf welche Art und Weise Griechenland ein Teil des römischen Reiches geworden ist. Aber wir haben uns nicht unterkriegen lassen. Unsere Sprache ist Weltsprache geblieben, Latein dagegen Provinzsprache. Die Römer können einzelne Menschen umbringen, aber nicht ihren Geist zerstören. Den griechischen Geist, den ich in dich gepflanzt habe, kann dein römischer Pater Familias nicht auslöschen, selbst wenn er mich umbringt.»

«Der Kaiser wird dich beschützen. Wenn der Pater Familias dich töten will, gehe ich zum Kaiser und der wird ihn ins Gefängnis stecken.»

Angelos schüttelte den Kopf. «Wenn mich der Pater Familias umbringen will – und das wird er früher oder später tun, denn er hasst mich, weil du mich liebst –, wenn er mich umbringen will, hat er das Gesetz auf seiner Seite. Der Kaiser wird ihn nicht ins Gefängnis stecken», sagte er matt.

«Zieh dich an. Wir fahren mit dem Unterricht weiter. Du brauchst eine Einführung in das römische Recht.»

«Aber ich setze mich für den Unterricht auf deine Knie.»

«Das solltest du nicht. Kinder setzen sich nur bei denjenigen Erwachsenen auf die Knie, die sie lieben, und der Pater Familias mag es gar nicht, wenn du mich liebst.»

Pontius grinste. «Der Pater Familias hat aber auch gesagt, dass du mir gehorchen musst. Ich befehle dir, mich auf deine Knie zu heben.»

Auch Angelos fing an zu lachen. Er hob das Kind auf die Knie. «Aber halt dich ruhig, mir tut alles weh.»

«Und jetzt befehle ich dir, mich zu lieben», sprach Pontius.

«Das brauchst du mir nicht zu befehlen. Ich liebe dich von ganzem Herzen.»

Angelos drückte das Kind zärtlich an seine Brust und streichelte seinen Kopf. «Du lieber kleiner Kerl.»

«Ach, hat das damals gutgetan», sagte der fünfzigjährige Statthalter zu sich selber. «Ich fühle es noch jetzt: den Kopf an Angelos' Brust, seine gute streichelnde Hand. Das könnte ich gerade jetzt in diesem kalten Bergland gut gebrauchen, aber da ist keiner, der mich liebt. Sex könnte ich bei den Fischersfrauen holen. Für einen kleine Zustupf in die Familienkasse wäre manche für vieles bereit, aber es wäre nie Liebe. Es gäbe auch den einen oder andern jungen Legionär, der nicht Nein sagen würde, in Erwartung einer Beförderung.» Er schaute in den Spiegel. «Würde ich mich als junger Legionär zu dem da legen wollen?» Er grinste resigniert sein Spiegelbild an. «Nein, danke.» Schon gar nicht zu diesem unrasierten Kerl. Er fuhr sich mit der Hand über das stachlige Gesicht. Er musste sich unbedingt rasieren. Jetzt gleich. Rasieren war ein Teil des Traumas. Hände waschen und rasieren waren Zwangshandlungen. Er griff nach Seife und Messer.

Wann hatte die Zwangshandlung mit dem Rasieren angefangen? Aurelius Pontius Pilatus wusste es ganz genau. Es geschah unmittelbar nach der Vergewaltigung.

«Angelos, bitte rasiere mich.» Pontius fuhr mit der Hand über sein weiches Kindergesicht.

«Was soll das, Agapoulos, wir haben Unterricht und du hast nicht einmal Flaum im Gesicht. Warum soll ich dich rasieren?»

«Weil ich nie einen Bart haben will.»

«Warum willst du nie einen Bart haben?»

«Weil der Pater Familias einen Bart hat. Ich will nie so aussehen wie er. Zudem haben die Römer die Griechen besiegt, weil die Griechen im Krieg Bärte trugen. Die Römer haben sie an den Bärten gepackt und ihnen den Kopf abgehauen.»

Obwohl Lachen nach einer Vergewaltigung genauso schmerzte wie nach einer Operation, brach der Engel in schallendes Gelächter aus. Er griff sich an den schmerzenden Bauch und den Hintern, aber lachte unentwegt weiter.

«Hast du schon einmal eine Vase mit griechischen Athleten gesehen?»

«Ja, natürlich, überall in der *Domus* stehen Vasen mit griechischen Athleten.»

«Und tragen die Athleten Bärte?»

«Nein, sie haben glatte Gesichter.»

«Wer hat dir denn erzählt, dass die Griechen wegen der Bärte besiegt worden sind?»

«Der Pater Familias.»

Jetzt begannen beide zu lachen.

Der Prokurator rieb sich das Gesicht mit Seife ein. Befriedigt stellte er fest, dass die Seife schäumte.

«Die Seife ist zwar nicht mein Verdienst», sagte er zu sich, «aber ich habe dazu beigetragen, dass die Römer die schönen runden, aus Urin und wohlriechenden Kräuterölen hergestellten germanischen Seifenstücke schätzen lernten.» Die Reinigung mit Ammoniak aus dem Urin hatten die Römer gekannt, nicht aber die Seife. Die Seife war eine germanische Erfindung. Als Sohn eines Walkers hatte der Prokurator die Tätigkeit der alemannischen Flüchtlinge mit Interesse beobachtet. Einiges war ihm vertraut gewesen. Er hatte Verbesserungsvorschläge gemacht. Die schönen runden, duftenden Seifenstücke gehörten zu seinem Walkerstolz. Zu den Waren, welche über die Säumerpfade vom Norden in den Süden gelangten, zählte nebst Bärenfellen, Käse und blondem germanischem Haar auch die Seife.

Der Statthalter blickte in die zusammengeklopfte Metallplatte. Er musste in *Aventicum* unbedingt mit kreativen Männern zusammensitzen. Es musste doch möglich sein, bessere Spiegel herzustellen als dieses zusammengeklopfte Ding, in dem man sich nicht klar sah. Mit einem schönen glatten Spiegel würde man sich besser rasieren können. Er fuhr mit dem feinen scharfen Messer – einem germanischen Messer – über sein eingeseiftes Gesicht, schnitt Grimassen, um besser an widerspenstige Haare zu gelangen. Was ihm aus der Metallplatte entgegenblickte, war recht befriedigend. Das Rasieren hatte ihm gutgetan.

Damals nach der Vergewaltigung hatte der Engel so getan, als ob er Pontius rasieren würde. Er hatte das Gesicht des Kleinen mit warmem Wasser angefeuchtet und ihn mit dem Messer sanft berührt. Und dann war endlich der Unterricht weitergegangen, wie versprochen über römisches Recht – oder auch römisches Unrecht. Entflaumt, vor allem aber getröstet, geliebt und gehalten vom zärtlichsten Sklaven des ganzen Imperiums, hatte Pontius Einblick bekommen in unheimliche Einzelheiten des römischen Rechts.

Ein römischer Pater Familias besass in der Tat das Recht auf Leben und Tod bei Sklavinnen und Sklaven sowie bei neugeborenen Kindern. Wenn das Oberhaupt der Familie das Neugeborene in den Arm nahm, bedeutete das Leben. Liess er es liegen, weil es behindert oder anstatt eines Buben ein weiteres Mädchen war, musste es auf einem öffentlichen Platz ausgesetzt werden. Dort starb das Kind oder es wurde von einem Sklavenzüchter aufgenommen und später als Sklavin verkauft.

Pontius erinnerte sich schmerzlich an seinen Ausflug mit seinem Halbbruder Publius. Er dachte an die beiden Kinderleichen auf dem *Mons Testa*. Wie viele Kinder mochte wohl der Pater Familias auf dem Gewissen haben? Manchmal waren in der *Domus* Neugeborene von Sklavinnen spurlos verschwunden. Hingegen hatte Pontius nie erlebt, dass sein Vater eine Sklavin oder einen Sklaven umgebracht hätte. Aber bei Angelos hätte nicht viel gefehlt.

Hatten damals die Götter die Ermordung verhindert?

«Nein, nicht die Götter haben die Ermordung deines Engels verhindert, ich war das.»

Im Spiegel tauchte das Gesicht der Mater Familias auf.

Der Statthalter griff sich an die Brust. «Mutter», murmelte er bewegt, «wie konnte ich das vergessen? Du hast es mir ja später erzählt – du warst das, ja, du.»

Vieles hatte Pontius ein Leben lang fast täglich gequält, ab und zu auch erfreut; das Eingreifen der Mater Familias jedoch hatte er völlig verdrängt. Es hatte nicht in das Bild der Mutter gepasst, von der er annahm, dass sie ihn vernachlässigt habe. Ein Gefühl der Dankbarkeit durchflutete ihn. Die Mater Familias musste ihn geliebt haben, doch das hatte sie ihm oft nicht zeigen können oder nicht zeigen dürfen. Sie war ein Kind ihrer Kultur; sie wusste, wie sich eine vornehme römische Ehefrau neben ihrem Herrn und Gebieter zu verhalten hatte.

Kapitel 6
Die Mater Familias

Die Mutter – jahrelang hatte sie über ihr mutiges Eingreifen nach dem Drama mit der Vergewaltigung des Sklaven und des Sohnes geschwiegen. Sie wollte den Pater Familias nicht blossstellen. Doch nachdem dieser gestorben war, erzählte sie eines Tages ihrem Sohn, warum der Pater Familias nicht von seinem Recht Gebrauch gemacht hatte, den ihm verhassten Sklaven umzubringen.

«Ich war das», berichtete sie Pontius. «Ich hatte den Tag mit dem Sexwaffenspiel kommen sehen und mir Sorgen gemacht. Ich habe nie vergessen, was deine älteren Brüder und meine eigenen Brüder durchgemacht haben. Und jetzt war mein jüngster Sohn an der Reihe! Ich hatte das Geschrei und Gerammel gehört, das der Pater Familias veranstaltet hatte – Vergewaltigung eines Kindes und eines getreuen Sklaven, genannt römische Erziehung. Ich war empört. Wir Frauen müssen unseren Männern zwar gehorchen, aber wir haben doch gewisse Rechte; wir können uns scheiden lassen. Nachdem der Pater Familias euch verlassen hatte, trat ich ihm entschlossen entgegen. Ich hatte sehr wohl gehört, wie du gegen die Türe hämmertest. 'Pater Familias', sagte ich, 'bis hierher und nicht weiter. Ich werde mich scheiden lassen, wenn du diesen Sexualunterricht mit meinem Sohn auch nur noch ein einziges Mal fortsetzt. Und was die Sklaven und Sklavinnen anbetrifft, haben wir adeligen Frauen die Kaiserin dafür gewinnen können, dass sie ihren Mann, den Kaiser, dazu bewegen wird, ein neues Gesetz durch den Senat zu bringen, welches die Vergewaltigung von Sklavinnen und Sklaven verbietet. Wenn ich mich von dir scheiden lasse, mein lieber Pater Familias, wird mein sehr beachtliches Erbteil an meine frühere Familie zurückfallen. Und noch etwas, Pater Familias: Morgen wirst du auf das kaiserliche Amt gehen und vor Zeugen die Freilassung von Angelos erklären und das Schriftstück nach Hause bringen. Habe ich mich deutlich genug ausgedrückt? Angelos wird meinen Sohn weiterhin unterrichten, ich werde ihn dafür entlöhnen. Morgen will ich das Schriftstück sehen oder du wirst etwas erleben!'»

Dem Pater Familias blieb vor Wut und Staunen der Mund offenstehen. So hatte noch nie eine Frau mit ihm gesprochen. «Dumme Gans», knurrte er und stampfte davon.

Dumme Gans. Die Mutter lachte. «Ich wusste, dass ich meinen Willen durchgesetzt hatte. Ich mag zwar als schwache Frau eine dumme Gans sein, aber jedenfalls eine dumme Gans auf goldenen Eiern. Dein Vater war ein kluger Geschäftsmann, er konnte rechnen. Und manchmal war er trotz allem sogar ein Mensch, halt eben ein römischer Mensch. Das ist unsere Kultur, im Guten wie im Schlechten. Eigentlich habe ich diesen Mann sogar geliebt.» Die Mutter wischte sich die Tränen aus den Augen.

Das also war der Grund für den unerklärlichen Sinneswandel des Pater Familias gewesen.

Einen Tag nach der Vergewaltigung erlebten Pontius und Angelos den Pater Familias als Menschen. Sie lasen gerade Vergil, als er mit dem Sklavenfreiheitsbrief im Schulungsraum auftauchte. Der grosse und der kleine Freund trauten ihren Augen kaum, als er das Schriftstück vor ihnen ausbreitete. «Strenge und Milde gehen Hand in Hand», erklärte er lächelnd. Er tat, als ob Angelos' Freilassung seine Idee gewesen wäre. Die Mutter war mit ihrer Intervention erfolgreich gewesen.

Erfolgreich war auch die Frauengruppe mit der Kaiserin: Die Vergewaltigung von Sklaven wurde gesetzlich verboten. Das hatte zwar nicht zur Folge, dass das Gerammel in den Häusern aufhörte, aber es war jetzt freiwillig. Die Sklavinnen und Sklaven setzten ihre körperlichen Reize als Druckmittel ein. Sie entdeckten Möglichkeiten, sich durch die Verführung der Herrschaften Vorteile zu verschaffen – auch in der *Domus* von Senator Gaius Pontius Pilatus. Die Sklavin Onesima – ihr Name bedeutete schlicht und einfach die Nützliche – nahm sich besonders des jungen Herrn

Aurelius an. Sie war schon seine Amme gewesen. Reiche römische Frauen, die ihre Brüste nicht durch Stillen verunstalten wollten, legten ihre Kinder in die Arme einer Sklavin, die gerade geboren hatte. Onesima berief sich auf ihre Funktion als Amme, als sie, ermuntert durch die Mater Familias, Pontius an ihren Brüsten nuckeln liess – wieder nuckeln liess, wie sie betonte, er hatte es ja als Säugling bereits getan. Der Bub liess die schöne Sklavin noch so gerne seine Hand nehmen, damit er nach den Brüsten auch die tiefer liegenden Geheimnisse erforschen konnte. Die Nützliche legte bei ihrer Herrin getreulich Rechenschaft ab über die Fortschritte des Sohnes, und die Mutter belohnte die Lehrmeisterin reichlich mit Süssigkeiten und Naschwerk.

Onesima blieb jedoch nicht die einzige Lehrmeisterin. Pontius wurde von allen Seiten nach Herzenslust verwöhnt.

Die verheirateten Brüder von Pontius kamen in denselben Genuss der sinnlichen Angebote. Selbst der Pater Familias hatte nach anfänglichem Erschrecken über das Vergewaltigungsverbot keinen Grund, dieses zu bedauern. Mit den kostbaren Vergünstigungen, die bei ihm zu holen waren, war er die am häufigsten für Liebesdienste auserkorene Person. Mit Ausnahme der Mater Familias und ihrer Töchter kamen alle Hausbewohner und -bewohnerinnen in den Genuss eines reichen sexuellen Angebots. Die *Domus* war gesegnet mit meist männlichen Kindern. Die weiblichen Neugeborenen verschwanden oft bereits am Tag ihrer Geburt. Pontius wusste nie genau, wie verwandt oder nicht verwandt er mit den Säuglingen war. Einige konnten Halbbrüder oder Neffen sein oder sogar Onkel oder Tanten, denn manchmal kam der Opa zu Besuch und blieb mehrere Tage. Das grosse Haus auf dem Hügel über der Stadt mit seiner Atmosphäre der Lust war ein Haus wie jedes andere des römischen Adels in einer Stadt, die vor Geilheit vibrierte.

Der Statthalter von Helvetien erinnerte sich, wie sein Körper angefangen hatte, sich zu verändern. Seine Stimme hörte sich seltsam an. Sklavinnen und Sklaven gaben sich Mühe, nicht zu lachen, wenn er mit brüchiger Stimme mit ihnen redete. Auf seinem Gesicht spross Flaum, den er sich von Angelos wegrasieren liess. Sein Pimmelchen verwandelte sich zusehends in einen Penis. Er liebte es, ihn in Onesimas Lustgarten einzuführen. Eines Tages meldete die Sklavin beim Herrn und der Herrin Samenempfang. Pontius hatte in ihren Leib ejakuliert. Pater und Mater blickten sich beglückt an. Ihr Jüngster hatte es geschafft.

Kapitel 7
Das Fest der Mannwerdung

Der Samenerguss eines heranwachsenden Sohnes wurde bei den Römern als Fest der Mannwerdung gebührend gefeiert. Der Pater Familias engagierte Musiker und Festspieler, die Mutter gab Anweisungen für das Schneidern der Erwachsenentoga. In der Küche herrschte bereits Tage vor dem Fest emsige Geschäftigkeit. Was die Mutter sich nicht vom eigenen Landsitz bringen lassen konnte, beschaffte sie sich auf dem Markt. Stunden vor dem Fest duftete es in der Küche verlockend nach geröstetem Fleisch, Koriander, Origano, Thymian und Salbei. Dem Festsaal verliehen Sklavinnen mit ätherischen Ölen aus Rosenblüten, Narde und Jasmin eine sinnliche Duftnote.

Männer und Frauen, deren Namen in der Stadt Rom hohes Ansehen genossen, waren eingeladen worden: Cornelia, die Halbschwester des Kaisers mit ihrem Gatten, ehrwürdige Senatoren und Händler mit ihren Gattinnen, aber auch junge Leute, Pontius' Freunde vom Diskuswerfen und vom Pancratium. Als Festredner hatte der Pater Familias den Philosophen Lucius Annaeus Seneca gewinnen können.

Der grosse Saal der *Domus* war mit Fackeln festlich beleuchtet. Die Gäste trafen in Kutschen oder Sänften ein. Sie hatten auf das Tragen der würdigen Toga verzichtet, denn beim Liegen auf den Speisesofas war leichte Kleidung erforderlich; die Toga wäre da nur hinderlich gewesen. Bevor die Gäste den Festsaal betraten, empfingen sie eine Wohltat für die Füsse, eine kühlende Fusswaschung; ihre Fusssohlen und Zehen wurden sanft massiert und mit duftendem Öl übergossen. Die Fusswaschsklaven achteten auch darauf, dass jeder und jede als erstes den rechten Fuss in den Saal setzte. Betrat man in Rom einen Raum mit dem linken Fuss, brachte dies Unglück. Es dauerte einige Zeit, bis alle Gäste es sich auf den Speisesofas um die hufeisenförmigen Tische bequem gemacht hatten, den linken Arm auf das Kissen gestützt, der Dinge harrend, die da kommen sollten.

Und dann war es so weit. Unter den Klängen der Musik betrat Aurelius Pontius Pilatus, begleitet von seinem Engel, in festlicher Kindertoga den Saal. Der freie Bürger Angelos trug die Kinderwaffen seines Schülers, Helm, Rüstung und Schwert, alles aus Holz. Aurelius verneigte sich als erstes vor den Göttern und küsste die Füsse der Kaiserstatue. Dann nahm er aus Angelos' Hand die Kinderkriegsausrüstung und warf sie vor den Göttern auf einen Holzstoss. Ein Sklave mit brennender Fackel setzte die Spielsachen in Brand. Angelos half Aurelius aus der Kindertoga und hüllte ihn in die Erwachsenentoga. Begleitet von einem spirituellen Singsang der illustren Gesellschaft warf Aurelius Weihrauch in das Feuer mit den Spielsachen und der Kindertoga. Auf Lateinisch dankte er den Eltern für die strenge Erziehung, die ihn zu einem treuen Diener von Kaiser und Imperium gemacht hatte. Auf Griechisch drückte er seinem Lehrer Angelos seine Wertschätzung für die wunderbare Ausbildung aus. Auf Lateinisch, Griechisch und Aramäisch dankte er den Sklavinnen und Sklaven für ihren Einsatz, vor allem Onesima, die ihn als Kind mit Muttermilch gesäugt und später ihrerseits seine Männermilch empfangen hatte. Bei dem Wortspiel mit der Milch erntete der soeben Mann Gewordene spontan tosenden Applaus. Er versäumte es auch nicht, vom Wert der Arbeit und vom Geld, das nicht stinkt, zu reden. In das Treuegelöbnis für Kaiser und Imperium flocht er geschickt das Cicerozitat: «*Das öffentliche Wohl soll das oberste Gesetz sein.*»

Die Senatoren nickten wohlwollend. Für sie war klar: Hier sprach ein künftiger Politiker. Sein Lehrer Angelos strahlte vor Freude über die dreisprachige Rede, die Mater leuchtete wie die Sonne, und aus den Augen des sonst so strengen Pater Familias quollen Tränen, die er verstohlen wegwischte. Wieder spielte die Musik.

Dann erhob sich Seneca. Nach so vielen Jahren erinnerte sich der Statthalter von Helvetien nicht mehr an jede Einzelheit der Rede des Philosophen, doch eine Kernaussage tönte selbst in Helvetien immer noch in seinen Ohren.

«Der junge Mann, den wir heute feiern, strebt eine Laufbahn als Heerführer und Politiker an. Das wird nicht immer leicht sein. *Doch was für ein Ende auch immer das Schicksal für ihn bestimmt hat, er wird es ertragen müssen.*»

Damals hatte der junge Erwachsene stürmisch applaudiert, und die ganze Gesellschaft hatte mitapplaudiert – aber eben, damals.

«Merda, Scheisse», brummte vierzig Jahre nach der Senecarede der Statthalter von Helvetien. «Du als Philosoph auf deinen philosophischen Wolken, du hattest gut reden, ich aber sitze in der heissen Pfanne... *Er wird es ertragen müssen.* Wenn du Philosoph wüsstest, was ich ertragen muss! – Ja, ich muss; ich muss; und ich will ja auch, aber ich kann nicht; ich kann nicht!»

Ein weiterer Satz des Philosophen stieg aus der Tiefe seiner Seele. «*Alle Grausamkeit entspringt der Schwäche.*»

Damals hatte er an die Grausamkeit des Pater Familias gedacht – damals. Aber was war mit seiner eigenen Grausamkeit?

«War ich denn schwach? Doch wie hätte ich Stärke zeigen sollen? Es drohte Aufruhr, das römische Reich war in Gefahr! Es war richtig! – Nein, es war falsch! – Doch, es war richtig! – Nein, es war falsch! Falsch! Falsch! – Ach, diese Philosophen! Diese Weltverbesserer! Dieser Jeschua! – Nein, nicht schon wieder Jeschua! Seneca reicht mir. Der Schlusssatz in seiner Rede war für mich die Krönung. Ich war damals so begeistert, als er sagte: 'Fang jetzt an zu leben und zähle jeden Tag als ein Leben für sich.' Nach diesem alles krönenden Satz wollte der Applaus kein Ende nehmen.»

Doch halt, nein, so war es nach der Rede des Philosophen eben gerade nicht gewesen. Kein Applaus. Nach der Senecarede war vielmehr zunächst eine betretene Stille eingetreten. Was war da gewesen? Was hatte der Philosoph noch gesagt? Oder sogar getan?

Der Statthalter dachte nach. Die Pfauenfedern? – Das war es, genau. Er musste lachen.

Der Philosoph hatte nach den ethischen Grundsätzen, die er Pontius auf seinen Lebensweg mitgeben wollte, mit einer Kritik an der römischen Gesellschaft geschlossen. Er hatte eine der Pfauenfedern, die auf den Tischen bereit lagen, in die Höhe gehalten, diese dramatisch in den Mund eingeführt und damit den Gaumen gekitzelt, sodass er husten musste – nur husten, er hatte ja noch nichts gegessen. In Rom galt es als Unhöflichkeit den Gastgebern gegenüber, nicht weiterzuessen, auch wenn man satt war. An grossen Festessen wurde deshalb von den Pfauenfedern höflich Gebrauch gemacht.

Der gesellschaftskritische Philosoph nahm die Gelegenheit wahr, seinen Zuhörern die Frevelhaftigkeit solchen Tuns vor Augen zu halten. Er schloss seine Rede mit den dramatischen Worten: «*Romani vomunt, ut edant, ut vomant* – es gibt Römer, die erbrechen, um zu essen, und essen, um zu erbrechen. Sorgt dafür, dass solches am Ehrentag dieses wunderbaren jungen Mannes nicht sein wird. Lang lebe der Kaiser.»

Die Gäste blickten sich betreten an. Diejenigen, welche bereits ausgeholt hatten, um zu applaudieren, liessen ihre Hände wieder sinken. Was fiel dem Philosophen ein, die bewährte römische Sitte des *Vomitariums* anzuprangern? Alle richteten ihre Augen auf die Gastgeber und auf Pontius. Der Pater Familias machte ein ärgerliches Gesicht: «*Utinam tacuisses, philosophus mansisses, Seneca*», murmelte er in den Bart, «wenn du geschwiegen hättest, wärest du Philosoph geblieben, aber jetzt hast du dich als Spielverderber erwiesen. Und für eine solche Rede muss ich erst noch teures Geld bezahlen! Wie unüberlegt von mir, ausgerechnet den gesellschaftskritischen Philosophen einzuladen!»

Der Statthalter sprang auf. Ja, genau so war es gewesen. In Gedanken sah er sich am Fest seiner Mannbarkeit. Auch damals war er aufgesprungen, und er hatte mit seiner Dankesrede die Situation gerettet. Die Gäste, der Pater Familias und sogar der Philosoph waren dankbar gewesen, dass er die Peinlichkeit mit Diplomatie und Humor durchbrochen hatte.

Als Statthalter von Helvetien bewegte er seine damaligen Worte in der Seele genüsslich hin und her. «Danke, hochverehrter Philosoph. Ich bin bewegt von deiner Ehrung und deinen ethischen Wegweisungen für mein Leben. Danke auch für die kritische Bemerkung, was römische Bankette betrifft. Es gibt gute und schlechte römische Bräuche. Die römische Vollfresserei und Kotzerei ist ein schlechter Brauch. Ein guter Brauch dagegen ist das Mitbringen eines Sklavenbeutels. Eure Sklaven freuen sich bereits darauf, dasselbe wunderbare Essen geniessen zu dürfen. Esst so viel, wie euch guttut. Was zu viel ist für euch selber, steckt in den Sklavenbeutel. *Quod licet domino, licet servo* – was dem Herrn schmeckt, schmeckt auch dem Sklaven. Die Pfauenfeder dürft ihr mit nach Hause nehmen als Andenken an eine kritische Rede. Ihr dürft sie euren Sklaven ins Haar stecken. Man nennt das: sich mit fremden Federn schmücken.»

Brausendes Gelächter erscholl. Die Gäste applaudierten. Pontius nahm den Philosophen an der Hand. Beide verbeugten sich. Der Applaus wurde noch lauter und stürmischer. – Das war sein erster diplomatischer Erfolg gewesen, abgesehen von der Cicerorede in der Gemeinschaftstoilette.

Der Statthalter schmunzelte. Seine politische Laufbahn hatte im Kackhaus angefangen. Stolz streckte er den Rücken durch: «Ich habe nicht alles falsch gemacht in meinem Leben.» Er liess seine Gedanken weiter um das Fest seiner Mannwerdung kreisen.

Die Sklaven trugen auf, was die Tische hielten – zuerst eine erfrischende Vorspeise, Muscheln im Honigwein. Die Gäste nahmen sie mit einem gezinkten Löffel zu sich. Der zweite Gang bestand aus Fisch. Fleisch, Fisch und Gemüse schoben die Römer elegant mit den Fingerspitzen in den Mund. Nach jedem Gang brachten die Sklaven Schälchen mit Wasser zur Reinigung der Finger. Einige Gäste machten bereits lachend von ihrem Sklavenbeutel Gebrauch.

Es wurde gerade der dritte Gang aufgetragen, gebratenes, feingewürfeltes Fleisch vom Hasen im Gemüsebeet, als unter schmetterndem Posaunenschall zwei Gladiatoren einzogen. Pontius fuhr begeistert von seinem Liegesofa zwischen Pater und Mater Familias hoch. «Philippos», jauchzte er. «Danke, Papa.» Bewegt fiel er dem Pater Familias um den Hals – zum ersten Mal in seinem Leben. Er hätte jedoch genauso gut einen Besen umarmen könne, so steif und unbeholfen gab sich der Pater Familias in den Armen seines Sohnes. Ein Sohn, der seinen Vater umarmt – und das in Rom! Das war sehr ungewohnt. Der Pater Familias schien ihn aber tatsächlich zu lieben, auf römische Art, sonst hätte er nicht das Idol des Sohnes, den griechischen Gladiator Philippos eingeladen. Andererseits... Philippos war ein berühmter Gladiator. Ruhm war gut für das Geschäft. Der Pater Familias war ein tüchtiger Geschäftsmann. Ernüchtert zog sich der Sohn von seinem Vater zurück, wandte sich aber dennoch begeistert dem Gladiatorenkampf zu.

Philippos und sein Mitkämpfer Lentulus verbeugten sich vor der Gesellschaft; sie beglückwünschten Pontius zu seiner Mannwerdung. In Privathäusern wurde der Kampf mit stumpfen Waffen geführt, es durfte keine Toten geben. Der Kampf wurde jedoch mit derselben Leidenschaft geführt wie in der Arena. Die Gladiatoren eröffneten ihn mit Drohgebärden und Einschüchterungsgebrüll. Fasziniert sahen die Gäste zu, wie die Kämpfer einander aus der Deckung hervorlockten, im richtigen Augenblick zuschlugen, aber gekonnt die Schläge mit dem Schild abwehrten, um sofort erneut zuzustossen. Das Klirren der Waffen und die Schreie der Kämpfer vermischten sich mit dem Schmatzen, Rülpsen und den Windklängen der Essenden, Körpergeräuschen, die in Rom als Applaus für eine gute Mahlzeit galten.

Der vierte Gang bestand in einer ersten Trinkrunde. Amphoren mit einem germanischen Getränk aus Weizen und Gerste wurden hereingetragen. So etwas hatte noch kein Gast je gekostet. Selbst für den Gastgeber war es neu. Er nahm als erster einen Schluck – und schüttelte sich. *«Das ist ja eine Strafe der Götter»*, stiess er hervor. Er nahm einen zweiten Schluck. «Wer das trinkt, braucht keine Pfauenfeder», lachte er. «Diese Germanen!» Alle waren gespannt, wie *Strafe der Götter* schmecken würde. Die Meinungen waren geteilt. Die meisten hielten es mit dem Gastgeber, dass der Germanentrank ein Brechmittel sei. Einigen jedoch schmeckte es. Sie nannten es einen guten Durstlöscher.

«Und was sagt der Philosoph?», wollten die Gäste wissen.

Seneca roch vorsichtig an dem Getränk. Er rümpfte die Nase. «Saft der Reben duftet nach Nektar», meinte er, «diese Cervisia dagegen stinkt nach Bock. Doch der Geschmack ändert sich. Vielleicht mögen wir diese Brühe in einigen Jahren.»

Die Römer mochten das germanische Bier schon recht bald. Zum Handel zwischen dem Norden und dem Süden, den der Statthalter von Helvetien aufbaute, gehörte auch der Säumertransport des Germanentranks, des am Fest seiner Mannwerdung noch verschmähten Biers.

Was war an seinem Ehrenfest der fünfte Gang gewesen? Er schien es vergessen zu haben. Der Statthalter dachte angestrengt nach. Warum weigerte sich der fünfte Gang, ihm in den Sinn zu kommen? Gab es einen Grund, den... den... Schweinebraten zu verdrängen? Nun hatte er sich doch noch erinnert. Der fünfte Gang war der Schweinebraten gewesen. Wenn das die Juden wüssten!

«Nein!», brüllte er, «nicht schon wieder.» Die kurze fast fröhliche Stimmung war auf einmal wie weggewischt. «Nicht schon wieder die Juden!», stöhnte er. «Kaum sind meine Erinnerungen ruhiger geworden, tauchen die Juden auf. Schweinefleisch ist für sie unrein. Dabei ist Schweinefleisch wunderbar zart. Schweine werden nur für den Verzehr gehalten, Rinder dagegen werden für den Arbeitsprozess eingesetzt. Mit ihnen kann man den Pflug ziehen und dreschen. Das Fleisch von Arbeitstieren ist zäh, sehr zäh.

Rindfleisch – nein, danke. Die Juden essen Rindfleisch. Andere Völker, andere Sitten.»

«Meine Seele hat auf mancherlei Art und Weise Schaden genommen», führte der Statthalter sein düsteres Selbstgespräch fort. «Der Pater Familias ist zwar wohl ein Trauma meiner Seele, doch die Juden sind ein noch viel grösseres. Sie sind das eigentliche Trauma, an dem ich leide. Ich bin ein Mann mit tausend jüdischen Qualen. – Doch lassen wir das. Da meine Seele sich in den Erinnerungen an mein Mannwerdungsfest suhlt, will ich mich weiter suhlen. Das bekommt mir besser, als mich über die Juden aufzuregen.»

Er zwang sich, in Gedanken in seinem geliebten Thermalbad in *Aventicum* zu sein. Um nicht an die Juden zu denken, stellte er sich vor, er erkläre den helvetischen Badegästen römische Bräuche. Seine unsichtbaren Badegäste waren sehr am Fest seiner Mannwerdung interessiert. «Was war der sechste Gang?», wollten sie wissen.

«Der sechste Gang war ein wunderbarer Nachtisch», schwärmte er den Helvetiern vor, «Trauben und Feigen im Eiersahnebad. Ein Traum.» Pontius schnalzte mit der Zunge. «Dieser Nachtisch würde auch euch Helvetiern schmecken. Meint ihr nicht auch?»

Die Antwort musste er sich selber geben. Unbeirrt fuhr er weiter: «Der siebente und letzte Gang bestand aus Wein, der in mit Schnee gefüllten Behältern serviert wurde. Schnee wird im Winter gesammelt, gepresst und in gut isolierten Kellern gelagert. – Da staunt ihr», sagte er zu den Helvetiern, «in Rom haben wir im Winter Schnee. Es gibt keinen göttlicheren Trunk als Rotwein, mit Wasser verdünnt und schneegekühlt. Die Gäste reden, trinken Wein, die Musik spielt, die Gäste trinken weiter, Gedichte und Lieder werden vorgetragen und wieder gibt es Wein und Musik und Gespräche und noch mehr Wein. Der letzte Gang ist ein Gang mit offenem Ende.»

Pontius machte eine Erzählpause. Im warmen Wasser im Thermalbad von *Aventicum* sitzend – wenn auch nur in Gedanken –, schaute er seine Fantasiegäste erwartungsvoll an. Als guter Redner wusste er, wie er das Interesse der Zuhörer wachhalten konnte.

«Weiter, weiter», baten die Helvetier eifrig, «erzähl weiter, es interessiert uns. *Cives Romani facti sumus Helvetii* – wir sind jetzt römische Bürger und wollen die römischen Bräuche kennen.»

Als römische Bürger hatten sie allerdings noch Probleme mit der lateinischen Aussprache. Sie sprachen nasal, den Buchstaben R liessen sie über den Gaumen rollen. Auch gebrauchten sie für manche Redewendungen nicht die philosophische Hochsprache, sondern Soldatenlatein. Wenn sie dankten, sagten sie nicht elegant *gratias ago*, sondern derb und kurz *merci*. Ihr Latein entwickelte sich zu einer Sprache, die eine Ähnlichkeit mit den in Gallien gesprochenen lateinischen Dialekten hatte.

Die Hähne kündigten bereits den Morgen an, als die ersten Gäste des Mannwerdungsfestes allmählich an Aufbruch dachten und sich mit etlicher Mühe von ihren Speisesofas erhoben. Sie suchten ihre schweren Sklavenbeutel zusammen und wankten dem Ausgang zu. Andere blieben weiter liegen und liessen sich noch etwas Wein nachgiessen. Vor dem grossen Prachtshaus entstand ein nicht enden wollendes Palaver. Männer und Frauen lachten und umarmten sich, sie dankten dem Gastgeber, beglückwünschten den Philosophen zu seiner Rede, klopften den Gladiatoren anerkennend auf den Rücken, empfahlen Pontius dem Schutz der Götter und stiegen dann in ihre Sänften und Kutschen.

Kapitel 8
Claudia und Valerius

Pontius war acht Jahre alt, als zwei vornehme, reiche Familienoberhäupter ihren politischen und wirtschaftlichen Einfluss miteinander verbanden. Der Achtjährige hatte Claudia Procula schon mehrmals gesehen, sich aber nie für die Zweijährige interessiert. Doch wusste er, dass die beiden Väter übereingekommen waren, Claudia Procula und Aurelius Pontius Pilatus miteinander zu vermählen. Das war gute, bewährte römische Heiratspolitik. Es wäre nie einem Kind oder Jugendlichen in den Sinn gekommen, dagegen zu protestieren. Ehe hatte mit Liebe nicht das Geringste zu tun, sie diente lediglich dem wirtschaftlichen Vorwärtskommen und der Fortpflanzung. Den Achtjährigen interessierte seine künftige Frau in keiner Weise. Der Altersunterschied war zu gross. Zudem hatten Buben und Mädchen damals und heute andere Spiele. Mit Begeisterung gab sich Pontius im Atrium des Thermalbads dem Rennen mit Kampfwägelchen hin. Claudia beschäftigte sich mit Puppen.

Als Heranwachsender liebte Pontius Intimitäten mit Frauen, vor allem mit reiferen wie Onesima oder mit den weissgeschminkten zinnoberwangigen in der *Taverna zur singenden Wirtin*. Bei einer Besorgung in der Stadt liess er sich auch gerne zu einem kurzen Spass im Hinterzimmer einer Kneipe oder hinter Büschen in einem Park verführen. Seit er erwachsen war, kam auch das Penetrieren der schönen Burschen in den Boxen des Thermalbads als Abwechslung durchaus in Frage. Manchmal lagen er und Papa, nur durch eine dünne Boxenwand voneinander getrennt, nebeneinander. Da der Unterricht mit dem Engel nicht aufgehört hatte, lief seit seiner Mannwerdung auch zwischen ihnen beiden einiges, allerdings ohne Penetration. Freie Männer liessen sich nicht penetrieren, und Angelos war ein freier Mann geworden. Körperliche Beziehungen zwischen Lehrer und Schüler wurden in Rom bewusst gepflegt. Das Umarmen und Küssen mit dem Engel sowie die gegenseitige Massage hatten durchaus mit Liebe zu tun. Doch weder bei den Burschen in den Boxen noch mit den Frauen in den Spelunken noch mit den Sklavinnen zuhause war Liebe dabei – mit Ausnahme von Onesima. Bei ihr fühlte er sich wie bei Angelos geliebt, getragen und gefördert. Doch Sex ohne Liebe war gut, je mehr desto besser. Das Einzige, was Pontius sexuell in keiner Weise interessierte, war Sex mit Mädchen, die mit Puppen spielten. Sex mit kleinen Mädchen war höchstens als Pflicht, aber auf gar keinen Fall als Lust vorstellbar. Doch genau diese Pflicht erwartete ihn im Alter von achtzehn Jahren.

Es geschah in den letzten Tagen des Monats *Martius*. In der Mitte des Monats war noch einmal Schnee gefallen, der von den Schneesammlern eiligst eingesammelt wurde. Da eröffnete ihm ein offenbar übernächtigter Pater Familias, dass er, Aurelius Pontius Pilatus, im *Aprilis* die zwölfjährige Claudia Procula heiraten werde. Bei dieser Eröffnung gähnte der Vater herzhaft. Er hatte offenbar in der Nacht wenig oder überhaupt nicht geschlafen, sondern mit dem anderen Vater gezecht.

«Hat meine Frau ihre erste Periode bereits gehabt?», war die einzige Frage, die Pontius stellte.

«Ja», antwortete der Pater Familias. «Deine Mutter und ich waren gestern an ihrem Blutfest.»

Die Vortrauung, das Blutfest, war nicht viel anders als das Samenfest des Mannes, wenn auch in bescheidenerem Rahmen. Das Mädchen musste seine Kinderkleider und Puppen verbrennen und galt nun als erwachsene Frau. Vor der Heirat war eine Tochter das persönliche Eigentum ihres Pater Familias, mit der Eheschliessung wurde sie das Eigentum des Ehemannes, jedoch mit dem Recht zur Scheidung.

Am Morgen nach dem Blutfest zerlegten Wahrsager im Hause der Braut die Eingeweide eines geschlachteten Schweins. Aus den Darmwindungen konnten sie ersehen, ob der Tag für die Hochzeit günstig sei oder nicht. Bei einer Analyse mit negativem Urteil hätte die Trauung verschoben werden müssen. Doch an diesem Tage hatten die beiden Familien, die sich vereinigen wollten, buchstäblich Schwein. Ein Eilbote überbrachte der Familie des Bräutigams die Nachricht, dass die Eingeweide des Schweins in die günstige Richtung gezeigt hatten.

Die Brautfamilie öffnete die Tür. Aurelius Pontius Pilatus betrat mit den Eltern, Verwandten und Freunden das Haus der Braut. Claudia Procula trat ihm an der Hand ihres Vaters für den Handwechsel entgegen. Die Braut wechselte von der einen Besitzerhand zur anderen. Claudia Procula hatte sich, wie es der Brauch verlangte, ihr schönes schwarzes Haar mit einer Lanze, mit der im Krieg Menschen getötet worden waren, in sechs Zöpfe teilen lassen.

«Eigentlich eine wunderschöne Braut», stellte Pontius fest, «prachtvolle Haartracht.» Die Zurechtmachung der Braut erinnerte ihn allerdings an eine von Claudias Puppen.

Eine heilige alte Frau, die in erster Ehe leben musste, fasste die Hände der Brautleute und umwickelte sie mit einem Tuch. Sie nickte Claudia auffordernd zu, und diese sprach die legal bindenden Worte: «*Ubi tu Gaius, ibi ego Gaia* – wo du ein Gaius bist, bin ich eine Gaia.» Das bedeutet: Wo du bist, bin auch ich; was du, mein Mann, bist, das bin auch ich; ich habe kein eigenes Leben; mein Leben geht in deinem Leben auf. Claudia sprach diese Worte mit steinernem Gesicht. Sie stellte sich mit Entsetzen die Hochzeitsnacht vor. Ihre Brüder und Schwestern standen teilnahmslos neben dem Brautpaar. Einzig ihr Lieblingsbruder Valerius strahlte; doch er schaute nicht seine Schwester an, er hatte nur Augen für den schönen Bräutigam. Diesem blieben die Blicke des jungen Hauptmanns nicht verborgen. Er lächelte freundlich zurück. Valerius war ein Mann, mit dem man bestimmt besser über ernsthafte Dinge reden konnte als mit einer mit Puppen spielenden Ehefrau.

90

Ein üppiges Hochzeitsmahl wurde aufgetragen. Da die Gäste wussten, dass im Haus des Bräutigams ein weiteres Essen auf sie wartete, machten sie von der Pfauenfeder reichlich Gebrauch.

Nach dem Essen nahm Claudia Abschied von den Hausgöttern. Es war Nacht geworden. Hunderte von Menschen standen mit brennenden Fackeln vor dem Haus. Das Brautpaar setzte sich in die Hochzeitskutsche und liess sich ganz langsam dem neuen Heim zuführen. Auf der Strasse sangen die Leute im Schein ihrer Fackeln anzügliche Lieder und riefen: «Nüsse! Nüsse!» Damit wünschten sie den Hoden des Bräutigams ehelichen Erfolg. Pontius wusste, was von ihm verlangt wurde. Das Nüssespiel machte ihm Spass und lenkte ihn von der Braut ab, die ihn kein bisschen interessierte. Mit vollen Händen warf er Nüsse in die Menschenmenge. Wenn er die Hände beim Werfen weit genug aus der Kutsche streckte, berührte Valerius, der nicht von der Kutsche wich, seine Hand. Pontius ertappte sich dabei, dass er die Hände noch so gerne weit aus der Kutsche streckte. Valerius sah unheimlich gut aus.

Claudia musste keine Nüsse werfen. Ihr oblag es, den Menschen auf der Strasse ihre Beschäftigung mit dem Rocken, der Handspinnvorrichtung, vorzuführen. Aus demselben Grund, wie Pontius Nüsse aus der Kutsche warf, zeigte sie sich am andern Fenster als fleissige Frau, die Wolle zu Garn spann.

Bei der *Domus* des Bräutigams angelangt, stieg das Brautpaar aus. Die Männer, Frauen und Kinder mit ihren Fackeln jubelten. Gemäss dem vorgeschriebenen Brauch bestrich Claudia Procula die Türpfosten ihres neuen Heims zum Schutz vor bösen Geistern mit Wolfsfett und umwickelte sie mit den kurz zuvor gesponnen Wollfäden. Wölfe sind das Symboltier Roms.

Pontius liebte Sagen und Legenden. Als er noch klein war, hatte ihm Angelos immer wieder erzählen müssen, wie die Gründer der Stadt Rom, die Zwillinge Romulus und Remus, von einer Wölfin gerettet, gesäugt und grossgezogen worden waren. Die Wölfin hatte die Kinder in einem Körbchen treibend auf dem Fluss Tiber vorgefunden.

Kinder, die in einem Körbchen auf einem Fluss trieben, waren auch in anderen Völkern ein bekanntes Motiv. Bei ihrer Eheschliessung hatten allerdings weder Pontius noch Claudia etwas von einem Moses in einem Körbchen im Nil gewusst.

Nun konnte Pontius seine Braut nicht länger ignorieren. Er musste sie auf die Arme nehmen und ins Haus tragen. Die Zuschauer hielten den Atem an. Falls er stolperte, würde das trotz der eingefetteten Türpfosten grosses Unheil über die Eheleute bringen. Doch Pontius stolperte nicht; er trug die Braut bis vor den Hausaltar. Beide knieten vor dem Altar nieder.

Nun waren andere Götter für Claudia Procula zuständig.

Seit dem Festmahl im Haus der Braut war eine gewisse Zeit verstrichen. Die Gäste hatten mit Hilfe der Pfauenfedern ihren Magen rechtzeitig entleert, nun waren sie wieder hungrig. Somit konnte auch am neuen Ort gross aufgetragen werden. Der Höhepunkt während des Festessens war die Rede des jungen Ehemannes. Pontius trug sie mit kühler römischer Rationalität vor, sich ziemlich genau an die jahrhundertealte Vorlage haltend, die auf eine Rede von Metellus Macedonius zurückging, einen Politiker, der in der Zeit gelebt hatte, als Rom noch eine Republik war. Pontius wich nur wenig von besagter Rede ab. Es war eine der langweiligsten Reden, die er je gehalten hatte. Er schämte sich ihrer selbst als Statthalter von Helvetien immer noch.

«Claudia, eine solche kalte, langweilige Rede hattest du nicht verdient», klagte er in seinem Zelt, «aber später habe ich dich voller Liebe besungen, sogar Gedichte wollte ich für dich schreiben. Doch du weisst ja, Claudia, ich bin nun einmal ein rationalistischer Römer und kein Dichter. Angelos empfahl mir die Liebesgedichte der griechischen Dichterin Sappho aus Lesbos. In inniger Sprache besingt diese die Reize ihre Gespielinnen. Ich habe diese prickelnden Gedichte für dich auf Lateinisch übersetzt.

Du hast diese Liebesgedichte, wenn ich sie dir vortrug, genossen, obwohl sie nicht von mir waren. An unserer Hochzeit jedoch habe ich kurz und kalt die Worte von Metellus Macedonius wiederholt:

Hochverehrter Vater, hochverehrte Mutter
Hochverehrter Schwiegervater, hochverehrte Schwiegermutter
Edle Senatoren, Freunde und Verwandte

Ehe ist eine Pflicht zugunsten des gottgleichen Kaisers und des rö-
mischen Imperiums. Wenn wir ohne Ehefrauen leben könnten,
würden wir uns gerne dem Ungemach der Ehe entziehen. Weil es
aber die Natur so eingerichtet hat, so ist es schlechterdings gebo-
ten, mehr Rücksicht auf das fortdauernde Staatswohl als auf kur-
zes irdisches Vergnügen zu nehmen. Ich werde mich meinen eheli-
chen Verpflichtungen stellen. Lang lebe der Kaiser.

Die Gäste applaudierten höflich. Sie hatten ähnliche Reden bereits an anderen Hochzeitsfesten gehört. Sie waren mit dem Gesagten einverstanden. Die Tragkraft des Imperiums war die Familie, die Grossfamilie mit drei oder vier Generationen, samt Sklavinnen und Sklaven.

Im Ehebett erwies sich Pontius bei der Entjungferung als einfühlsamer Mensch. Im Gegensatz zu anderen Ehemännern, welche sich in der Hochzeitsnacht über ihre ungeliebte Ehefrau in derselben Weise hermachten, wie sie es bei den schwarz-weiss geschminkten Liebesdienerinnen in den Lusttempeln gewohnt waren, ging Pontius sehr behutsam vor. Er legte Claudia, die trotz ihrer monatlichen Periode noch fast ein Kind war, sanft auf ein Göttertuch, auf dem ein Bild von Göttervater Jupiter mit mächtigem Penis abgebildet war. Das Mädchen sollte sich in den Armen des Göttervaters entspannen können und die Penetrierung als göttlichen Akt verstehen. Er drückte ihr eine kleine Statue von Juno, der Göttin für Ehe und Geburt in die Hand. Göttin Juno war von Jupiter penetriert worden. Pontius entkleidete das Kind und streichelte sanft seinen nackten Körper, wie er das von Angelos gelernt hatte. Claudia entspannte sich. Mit Blick auf Göttin Juno flüsterte sie Gebete und wartete auf den Penisstoss des Gatten. Doch dieser musste zuerst noch etwas für sich selbst tun. Im Geiste sah er ja das Kind, das er penetrieren sollte, immer noch mit Puppen spielen, was seinen Penis nicht in Stellung brachte. Er schloss die Augen und stellte sich Onesimas volle Brüste und Schenkel vor. Genau so liebevoll, wie er in die Sklavin einzudringen pflegte, drang er nun in Claudia ein, sehr behutsam, erst dann kräftig zustossend, als er den Widerstand spürte. Claudia schrie kurz auf, doch schon war Pontius in ihrem Innern, und es war gar nicht so schlimm gewesen, wie sie sich das vorgestellt hatte. Zum ersten Mal erwachte in ihr so etwas wie ein Gefühl; zwar noch nicht ein Gefühl der Liebe, aber so etwas ein Gefühl der Dankbarkeit für den Mann, der sich auf ihr sanft auf- und abbewegte und seinen Samen in sie ergoss. «Das war eigentlich ganz gemütlich», sagte sie, «danke, mein Gemahl. Bin ich jetzt schwanger?»

«Wer weiss», lachte Pontius, «aber nur ein ganz klein bisschen.»

«Na dann…» Sie gab ihrem Ehemann einen Kuss auf die Stirn, drehte sich zur Seite und schlief ein.

Claudia Procula wäre noch so gerne schwanger geworden. Schliesslich hatte sie mit ihren Puppen oft genug Mater Familias gespielt. Leider sollte ihr Wunsch nie wirklich in Erfüllung gehen. Die Schwangerschaften liessen lange auf sich warten, und als sie endlich zustande kamen, führten sie nicht zum gewünschten Ziel. Es blieb ein Schatten der Trauer über ihrer Ehe, weil Claudia nie ein Kind austragen konnte. Trotzdem wurde die Ehe der beiden eine glückliche Ehe.

Dass Claudia und Pontius sich ineinander unsterblich verliebten, hätten die beiden sich anfänglich nicht träumen lassen. Nach ihrer Verheiratung hatte Claudia an ihrem Mann zunächst genau so wenig intimes Interesse bekundet wie er an ihr. Ihr älterer Bruder dagegen entflammte schon bei der ersten Begegnung in

Liebe zu dem gutaussehenden Schwager. Valerius war von seinem Vater bereits mit einer anderen vornehmen Familie ehelich verbunden worden und hatte im Interesse von Familie und Imperium pflichtbewusst zwei Kinder gezeugt. Er stand jedoch auf Männer. Mit seinen Freunden suchte er ausschliesslich Kneipen mit männlicher Bedienung auf. Mit Liebe hatte seine Lustbefriedigung nichts zu tun. Das änderte sich, als Pontius in sein Leben trat. Obwohl dieser, wie er nie müde wurde zu betonen, ein Mann mit strengem römischem Verstand war, war auch er nicht ein Mann aus Holz, sondern ein Mensch mit Gefühlen. Die Liebe des nicht viel älteren edlen jungen Mannes mit vielversprechender militärischer Laufbahn liess ihn nicht kalt. Die beiden wurden beste Freunde, die sich auch nicht scheuten, Zärtlichkeiten auszutauschen.

Claudia freute sich über die Verliebtheit ihres Bruders. Die Beziehung der beiden Männer verschaffte Claudia Erleichterung. Wenn Pontius bei seinem Freund Dampf abgelassen hatte, blieben ihr die nächtlichen Pflichtübungen erspart. Valerius schwärmte bei Pontius von seiner Schwester, bei Claudia schwärmte er von seinem Freund. Seine Zuneigung zu beiden blieb nicht ohne Folgen für das Eheleben von Pontius und Claudia. Pontius betrachtete Claudia auf einmal mit ganz anderen Augen. Sie war weder die gefühllose, gehorsame Gebärerin noch die heisse Kneipenfrau, über die man herfallen konnte, sondern die Blume, die sich der sanften Berührung des Lichtes öffnete. Auf dem Umweg über Valerius verliebten sich die jungen Eheleute leidenschaftlich ineinander. Ihre nächtlichen Vereinigungen hörten auf, Pflichtübungen zu sein. Oft war es sogar Claudia, welche die Initiative für das intime Zusammensein ergriff. Sie sehnte sich seelisch und körperlich nach dem schönen, klugen Mann, der für sie gerade deshalb so anziehend war, weil sie ihn nie einfach besitzen konnte. Bei aller Innigkeit schien er ihr immer wieder in andere Welten zu entgleiten. «Du lebst in mehreren Welten», schmollte sie und kuschelte sich an ihn.

Pontius wusste, dass seine Frau recht hatte. «Ich gäbe viel dafür, wenn es nicht so wäre. Hilf mir, meine Geliebte.»

Aurelius Pontius Pilatus hatte, seit er sich erinnern konnte, stets in drei Welten gelebt, neben der Gegenwart auch immer in der Vergangenheit und in der Zukunft – als ob diese erlebbare Gegenwart wären. Claudia kannte diesen Fernblick ihres Gatten. Wenn seine Augen starr wurden, pflegte sie ihre Hand vor seinen Augen hin und her zu bewegen und zu fragen: «Liebling, wo bist du?» Die Antworten waren mannigfaltig. Vom Seufzer «ich will nicht wie der Pater Familias werden» über «ist diese Kinderleiche meine Halbschwester?» bis «Angelos, halt mich fest» oder «ich weiss, wie man Brücken verlängern kann, ohne dass sie einstürzen» war alles möglich. Die Bilder der Zukunft beschwingten ihn, die Bilder der Vergangenheit stiessen ihn in Abgründe. Claudia Procula half, so gut sie konnte. Nach einigen Jahren inniger Liebe und Verstehens war die Gegenwart schliesslich stärker geworden als die Vergangenheit – bis zu jenem schicksalsschweren Tag in Jerusalem. Seither fürchtete sich Pontius erst recht, sich nachts in den Schlaf sinken zu lassen. Nacht für Nacht stiegen aus seiner Seele die Bilder des fast zu Tode geprügelten grausam penetrierten Engels oder des ausgepeitschten, blutüberströmten Jeschua. Selbst am Tag konnten sich diese Bilder manifestieren. Manchmal gingen sie sogar ineinander über – Angelos hing dann am Kreuz und Jeschua wurde vom Pater Familias penetriert. Wenn Pontius in die reale Welt der Gegenwart zurückkehrte, dachte er darüber nach, ob es eigentlich eine Verbindung zwischen Jeschua und dem Engel gab. Beide waren wunderbare Menschen. Beide waren unschuldig gewesen, und beide hatten seinetwegen leiden müssen. Pontius quälte sich unsäglich mit diesen Bildern. Er spielte das Schreckliche immer wieder durch.

Zu den Gedankenspielen des Pontius gehörten aber auch gute Erinnerungen. Die Liebe zu Claudia und zu Valerius gehörten zu den guten Erinnerungen.

Der Statthalter von Helvetien blickte auf die Trinkschale in seiner Hand. Eben noch hatte er Jeschua und Angelos blutüberströmt vor sich gesehen, doch jetzt dachte er an Wein und Bier.

Die Germanen hatten herausgefunden, dass man mit Wein schneller betrunken wurde als mit Bier, weil Wein alkoholhaltiger war als Bier. In den Besprechungen ihrer Ältestenräte pflegten sie als erstes eine Runde Wein zu trinken in der Überzeugung, dass man sich unter Einfluss von Alkohol nicht verstellen könne und folglich auch nicht lügen werde.

Pontius dachte nach: «Wie viel habe ich heute bereits getrunken? Habe ich versucht, die Vergangenheit im Wein zu ertränken? Die Schale ist leer, doch in der Amphora ist genügend Nachschub vorhanden. Gar nicht schlecht, dieser *Vinum Aventicum*. Das habe ich gut gemacht. Ich verstehe etwas von Weinbau. – Zum Wohl Claudia, zum Wohl Valerius, zum Wohl Angelos.» Pontius schnalzte geniesserisch mit der Zunge. Er war gerade in die Welt der Zukunft katapultiert worden. «Wie könnte ich den helvetischen Tropfen dem edlen Wein auf unserer fruchtbaren Halbinsel noch ähnlicher machen und doch ganz anders, vielleicht sogar begehrenswerter?», überlegte er. «Mit Zugabe von Honig? Oder durch einen völlig anderen Gärvorgang?»

In Helvetien war ihm vieles gelungen. Eines Tages würde er auch den *Adula Mons* mit einer Brücke bezwingen. Weil er das glaubte, war er hier. Der Turm *Lucerna* und der Hafen waren die entsprechenden Vorbereitungen. War der *Adula Mons* erst einmal bezwungen, würde aus dem namenlosen Fischerdörfchen eine leuchtende Stadt werden. In Vorausnahme dieser leuchtenden Zukunft gab er dem Fischerdörfchen den Namen des Leuchtturms: *Lucerna*. Visionen haben, planen und ausführen, das war seine Stärke.

Der Wein aus *Aventicum* schmeckte wirklich gut, vor allem derjenige, dem er während der Gärzeit Eichenspäne beigefügt hatte. In Griechenland und auf der italienischen Halbinsel pflegten die

Winzer den Traubensaft in riesigen Amphoren zur Gärung zu bringen, die sie um der gleichbleibenden Temperatur willen bis zum Hals in den Boden versenkten. Vielleicht liessen sich auch aus Holz Gärbehälter herstellen? In Helvetien gab es viele Eichenwälder. Wie müsste ein Eichenbehälter, aus welchem der Wein nicht ausfloss, gestaltet sein? Wie ein kleines Schiff? Schiffe liessen das Wasser ja auch nicht durch.

Er stutzte. Die keltischen Helvetier hatten doch bereits so etwas wie eine Holzamphore aus Brettern, die nicht gesägt, sondern der Faserung entlang gespalten wurden, anschliessend gewässert und zusammengefügt, sodass in der Mitte ein Hohlraum entstand. Im Hohlraum entfachten sie ein Feuer bei gleichzeitiger weiterer Bewässerung des Aussenbereiches. Die Kombination von Innenfeuer und Aussenbewässerung krümmte das Holz und liess die Bretter miteinander verwachsen. Zusammengehalten wurde das Ganze mit Metallreifen. Durch Gärung des Traubensafts in solchen Eichentonnen bräuchte er keine Eichenspäne beizufügen. Das Resultat wäre ein noch besserer Wein.

«Liebling, wo bist du?» Genau das würde Claudia sagen. Jedes Mal, wenn der Statthalter an seine Arbeit dachte, hoben sich seine Lebensgeister. Die Arbeit war sein Zukunftstraum. Doch kein Zukunftstraum ohne Vergangenheitstraum. Pontius genehmigte sich einen Schluck und dachte dabei an Claudia und ihren Bruder.

Durch die erwachte Liebe zwischen Mann und Frau, durch die unerschütterliche Männerfreundschaft und durch die Liebe von Bruder und Schwester waren die drei, Pontius, Claudia Procula und Valerius, aufs innigste miteinander verbunden. Diese Innigkeit befruchtete auch ihre Tätigkeit im Dienste Roms. Der Kaiser wusste, was er tat, als er die drei nicht auseinanderriss, sondern sie gemeinsam nach Syrien schickte, Pontius als Prokurator von Judäa nach Caesarea, Valerius als Hauptmann im Dienst von König Herodes nach Kapernaum. Valerius würde die wankende Romtreue des Despoten mit militärischer Präsenz zu stützen wissen.

Die gemeinsame Verlegung nach Syrien war Freude und Kummer zugleich. Man konnte sich von Zeit zu Zeit sehen. Das war die Freude. Doch man war unter Juden. Das war der Kummer. Judäa gehörte seit der römischen Eroberung zum römischen Imperium, doch die Juden liessen sich nicht integrieren. Römer waren tolerante Polytheisten. Ihre Götter nahmen jeden neuen Gott freundlich in ihrer Mitte auf. Die Juden hingegen waren Monotheisten. Ihr Gott wachte eifersüchtig darüber, dass sein Volk keine anderen Götter verehrte. Juden und Römer, das ging selbst nach Jahren immer noch nicht zusammen.

Juden und Schwule, das war das andere Problem. Valerius war schwul, ein Spermaverschwender, wie die Juden sagten. Für dieses seltsame Volk war Sperma als Leben schaffendes Element heilig, für Römer war nicht einmal das Leben eines neugeborenen Kindes heilig. Für Juden war Sex bis in jedes Detail geregelt, für den römischen Mann galt totale sexuelle Freiheit. Bei den Juden war das Leben eines Sklaven geschützt, die Dauer der Sklavenzeit begrenzt, Römer konnten einem treuen Sklaven die Freiheit schenken oder einen fehlbaren oder unbrauchbar gewordenen Sklaven entsorgen. Von den Römern unterworfene Völker schätzten es, über die Stammeszugehörigkeit hinaus endlich zu einem grösseren Ganzen zu gehören. Die Juden trauten es sich mit Gottes Hilfe zu, eines Tages selber das grössere Ganze zu sein, zu dem unter Gott und dem Messias alle Völker gehören würden.

Dieses halsstarrige Volk war der neue Wirkungskreis des Statthalters und des Hauptmanns. Die Juden waren für Rom ein Feld voller Gefahren. Das war der Grund, warum der Kaiser den gewieften Diplomaten und den tatkräftigen Hauptmann nach Judäa schickte.

Die Sorge von Claudia und Pontius galt der sexuellen Ausrichtung von Valerius. Unter den jüdischen Monotheisten bedeutete diese eine tödliche Gefahr.

Pontius goss sich eine weitere Schale ein. Er schüttelte den Kopf. «Valerius, du lieber Dummkopf!»

Der Hauptmann hatte sich einen jungen jüdischen Sklaven namens Benjamin gekauft und sich unsterblich in diesen verliebt.

Pontius führte die Schale zum Mund. Schon jetzt fast so gut wie römischer Wein. Es gab in Helvetien und Germanien so etwas wie wilde Trauben, weisse bittere Beeren. Sollte er versuchen, die wilden Trauben so zu veredeln, dass ein völlig neuer Weisswein entstehen würde? Ein Weisswein, der selbst dem Kaiser schmecken würde? Im Augenblick verzehrten lediglich Vögel die winzigen, für Menschen ungeniessbaren Trauben. Es würde Jahre dauern, bis er aus den wilden Trauben ein brauchbares Gewächs herangezüchtet hätte. Hatte er noch so viel Zeit? Wollte er überhaupt so viel Zeit haben? Hatte er nicht genug gelitten? Wie lange wollte und konnte er die Verzweiflung ertragen?

«Merda! Scheisse! Merda! Merda!» Valerius war in Gefahr! Benjamin war ein jüdischer Sklave. Ein jüdischer Sklave in jüdischem Land im Bett eines schwulen Goi! Solange der Sklave echter Sklave blieb, galt er in den Augen der Juden als Opfer; er war schuldlos. Er hatte diese Lebensweise nicht gewählt, er wurde vergewaltigt. Das steigerte den Hass auf die römischen Götzenanbeter. Die Sorge des Prokurators und seiner Frau wuchs jedoch, als der Hauptmann von Kapernaum seinem jüdischen Sklaven die Freiheit schenkte. Das war politisch unklug, denn Benjamin zog nicht weg, um mit einer Frau zusammenzuleben und Kinder zu zeugen, was die Juden beruhigt hätte. Benjamin blieb nach der Freilassung bei seinem früheren Herrn. Das war Verschwendung des heiligen Samens, ähnlich wie beim *Coitus Interruptus*, wenn der Mann sich aus der Frau zurückzieht, bevor der Same in sie geflossen ist. *Coitus Interruptus* war Vernichtung von Leben! Das warnende Beispiel für jeden Juden war ein Mann namens Onan. Onan hatte laut den heiligen Büchern seinen Samen auf die Erde fallen lassen statt ein Kind zu zeugen. Der erzürnte jüdische Gott hatte Onan augenblicklich mit dem Tod bestraft.

Den Samen nicht seiner gottgegebenen Bestimmung zuzuführen war Mord. Der Tatbestand der Lebensvernichtung, noch dazu mit einem Götzenanbeter und Judenunterdrücker, war ein todeswürdiges Verbrechen. Nach jüdischem Gesetz, das nur dank der römischen Besetzung offiziell nicht zur Anwendung kam, stand sowohl auf Götzenanbetung als auch auf Männerliebe die Todesstrafe. Die Römer liessen solche Gerichtsurteile und die Hinrichtung Schwuler nicht zu, Mordanschläge dagegen konnten sie nicht verhindern. Die Mörder von Schwulen fühlten sich als Erwählte Gottes. Sie stützten sich auf ihr heiliges Buch: *Wenn einer bei einem Manne liegt, wie man bei einem Weibe liegt, so haben beide einen Gräuel verübt; sie sollen getötet werden.* Für Frauen, die bei einer Frau liegen, gab es dagegen keine entsprechende Tötungsvorschrift, offenbar weil Liebe von Frau zu Frau nach der Vorstellung von Juden schlicht nicht existierte. Was Frauen anbetrifft, waren jüdische Männer sogar noch eingebildeter als römische. Für jüdische Männer konnte es Liebe unter Frauen nicht geben, weil diese aufgrund des Sündenfalls von der Natur gezwungen waren, nach Männern zu lechzen. Nur Männer waren wertvoll und begehrenswert. Es war gewissermassen nachvollziehbar, dass Männer sich aneinander entflammten. Das musste auf jeden Fall verhindert werden. Die solches taten, mussten ausgerottet werden.

Erstaunlicherweise ignorierte das Dorf Kapernaum im Fall von Valerius und Benjamin die Männerliebe. Claudias Bruder hatte eine besondere Begabung, aus Feinden Freunde zu machen. Es war nicht selbstverständlich, wenn Juden einen heidnischen Römer akzeptierten, noch dazu einen Hauptmann, der mit einem jüdischen Mann schlief. Valerius entfernte alle Götterstatuen aus seinem Haus und zerstörte sie öffentlich. Nichts erfreute Juden mehr als das Zerstören von Götterstatuen. Ausser seinem Schwulsein, das ja bloss ein Verdacht war, und seinem Heidentum sprach bei ihm also nichts für Götzendienst und erwiesene Gotteslästerung. Als Adeliger war Valerius zudem nicht unvermögend. In Kapernaum baute er eine schöne Synagoge. Da vergassen selbst strenggläubige Dorfbewohner, dass im Hauptmannshaus zwei Männer das Bett miteinander teilten. Hätten die beiden je öffentlich bekannt, was im Grunde genommen alle wussten, hätte das ihre Steinigung bedeutet. Es wurde jedoch nie ein Anschlag auf die beiden verübt.

Pontius beugte sich mit der Schale über die Weinamphora. «Es reicht», warnte Claudia, «du hast genug getrunken.» – «Bin ich betrunken? Claudia – du?»

War es eine Besonderheit des *Aventicum* Weines, Visionen auszulösen? Claudia stand sichtbar vor ihm. Nicht zum ersten Mal an diesem Abend. Er stürzte auf sie zu, um sie in die Arme zu nehmen. Doch dann blieb er abrupt stehen. Er war ein Mann mit strengem römischem Verstand. Er wollte nicht Luft umarmen. Claudia war ein Hirngespinst. Es musste am Wein liegen. Doch er prostete ihr zu. Er war es ja gewohnt, in der Vergangenheit zu leben. «Nicht wahr, Claudia», sagte er zu dem Hirngespinst, «als uns klar war, dass Valerius die Liebe der Bewohner von Kapernaum gewonnen hatte und wir überzeugt waren, dass er sich nicht in aller Öffentlichkeit zu seiner homosexuellen Partnerschaft bekennen würde, haben wir aufgeatmet. Unsere Angst um das Leben deines Bruders verschwand. Seine Liebe zu einem freigelassenen Sklaven, zu einem Juden, haben wir insgeheim sogar bewundert. Eigentlich hasse ich die Juden, jedenfalls die widerspenstigen – und das sind die meisten –, und ganz besonders hasse ich die Strenggläubigen, die Pharisäer und diesen Hurensohn, den Hohepriester Kajaphas. Aber den Benjamin mögen wir. Dass Sklaven Menschen sind, wunderbare Menschen sein können, weiss ich von Angelos. Vielleicht sind sogar Juden Menschen. Benjamin war ein Mensch – und Jeschua war erst recht ein Mensch. Ach, was schwatze ich da? Tut mir leid, Claudia, Du kannst mich ja gar nicht hören, ich rede mit mir selber. Es dreht sich alles in mir.»

Pontius goss den Inhalt der Schale in sich hinein. Mit gläsernem Blick stierte er in die leere Schale. «Tut mir leid, Claudia, aber es muss sein.» Seufzend beugte er sich erneut über die Amphora. Noch ein Schluck, und noch einer. «Prost, Valerius. Prost, Claudia. Prost, Benjamin.»

Valerius, Benjamin – Jeschua; die Namen seines Schwagers und von dessen Lebenspartner kombiniert mit dem Namen des Heilers erschütterten ihn aufs Neue. «Verdammte Vergangenheit. Ich weiss, was jetzt kommt.»

Er konnte es nicht verhindern. Wie so oft, wenn das Elend über ihn kam, musste er auch diesmal die ganze Vergangenheit durchspielen.

Der junge Geliebte des Schwagers wurde krank, schwer krank. Viele versuchten zu helfen. Pontius schickte seinen Vertrauensarzt, König Herodes seinen Leibarzt. Die beiden Ärzte berieten sich über geeignete Massnahmen. Sie liessen den Kranken zur Ader, sie verlangten seinen Urin. Sie diskutierten über die Farbe des Blutes, sie rochen am Urin. Waren die vier Körpersäfte, die den höheren Elementen Luft, Feuer, Erde und Wasser entsprachen, durcheinandergeraten? Wie konnte die Harmonie wiederhergestellt werden? Über heissem Dampf brachten sie Edelsteine zum Schwitzen und vermischten die Tropfen mit dem zerriebenen Herzen eines jungen Schafes. Sie versuchten es mit ihren besten Kräuter- und Mineralmischungen. Die Behandlung brachte zwar eine gewisse Linderung, doch keine Heilung. Dem Kranken ging es von Tag zu Tag schlechter.

Die Hingabe und zärtliche Pflege des Hauptmanns fiel den Ärzten auf. Sie waren gerührt. So etwas mitten unter Juden. Sie schauten einander vielsagend an. «Wir sind ja nicht jüdische Ärzte, wir sind Griechen. Wir tun, was wir können – besser gesagt: Wir taten, was wir konnten. Centurion, es tut uns so leid.» Sie drückten ihm die Hand.

Der Prokurator Helvetiens stöhnte. Gleich würde ihm seine Seele die Fortsetzung der Geschichte vorführen.

Die Frauen, Männer und Kinder in Kapernaum nahmen sich die Not im Hauptmannshaus zu Herzen. Sie brachten Früchte, Gemüse und stärkende Fleischbrühe.

«Wir beten in der Synagoge für Benjamin», sagte der Rabbi, «aber auch für dich, Hauptmann.»

«Diesen Kräutertrank hat mir meine Mutter eingeflösst, wenn ich als Kind krank war», erklärte treuherzig eine Alte.

«Viel trinken ist gut», meinte eine andere, «aber nicht nur Wasser, sondern auch ein wenig Wein, das hilft.» Sie überreichte dem Hauptmann einen Schlauch mit Wein.

«Viel trinken ist gut», sagte sich auch Pontius. Er erhob sich und wankte mit der Schale zur Amphora. Er genehmigte sich einen tiefen Zug. «Ach, diese Erinnerungen! Warum kann ich sie nicht einfach stoppen? Warum falle ich ständig in diese vergangene Welt zurück? Jetzt kommt gleich die Sache mit dem Kind und dann wird es ganz schlimm. Aufhören! Aufhööööören!»

Doch schon stand das Kind da. «Ich habe Beeren gepflückt», sagte das Mädchen liebevoll zum Hauptmann, «sie sind für den lieben Benjamin.»

Und nach dem Kind kam...

«Nein! Nein! Nein!», stöhnte Pontius. «Nicht Er! Nicht ER!» Doch sein Schreien und Stöhnen nützte nichts.

Nach dem Kind kam eine Gruppe von Männern; sie zogen den Hauptmann zur Seite.

«Es gibt da einen Heiler, er heisst Jeschua», berichtete der Anführer der Gruppe hoffnungsvoll. «Er ist zurzeit bei uns im Dorf.»

«Jeschua wird einem Heiden kaum helfen», wandte ein anderer zweifelnd ein. «Er und unser Gott sind ein Herz und eine Seele. Du kennst doch unsere heiligen Gottesgesetze... Wie sollte da der Gottesmann... der Heiler... du bist... du bist... ihr zwei seid... Mir kann es ja egal sein... Aber der Wunderheiler kann Gedanken lesen, er wüsste sofort...»

«Vielleicht... wenn wir Dorfbewohner ihn an deiner statt bitten würden», meinte ein kluger junger Mann, «vielleicht würde er mit uns kommen. Wir können ja sagen, dass du für uns alle eine Vaterfigur bist, auch für deinen... Sohn. Wir würden natürlich den Ausdruck Knecht gebrauchen. Du darfst dich bloss nicht zeigen. Er würde sofort in deinen Augen lesen, dass ihr beide... ihr zwei Männer...»

«Der Gottesmann lässt sich nicht täuschen», widersprach ein weiser Ältester. «Die Täuschung solltet ihr gar nicht erst versuchen. Selbst wenn Jeschua Hauptmann Valerius nicht sieht, wird er genau wissen, wie Herr und Knecht zueinander stehen. Aber ich bin zuversichtlich. Der Heiler hält sich nicht immer wörtlich an das Bibelgesetzbuch. Ich habe selber gehört, dass er einmal gesagt hat: 'Ihr habt gehört, dass zu den Alten gesagt wurde: Auge um Auge, Zahn um Zahn, ich aber sage euch: Wenn dich einer schlägt auf die eine Backe, dem biete auch die andere dar.'»

Über dem vielarmigen See war der Mond aufgegangen, ein leuchtender Vollmond. Vollmondnächte lassen unruhige Menschen noch unruhiger werden. Die Schale, die während des selbstquälerischen Gedankenspiels in Schieflage geraten war, entglitt den Händen des Statthalters und zerschellte am Boden. Fluchend schob er die Scherben mit den Füssen zur Seite, fasste die Amphora entschlossen an einem der beiden Henkel, kippte sie und schlürfte wie ein Besessener den heraussprudelnden Wein aus der hohlen Hand, einmal, zweimal, mehrmals, dazwischen kaum Atem holend.

Dem biete auch die andere dar...! O wäre doch Jeschua ein bibelbuchstabentreuer Jude gewesen, dann würde es Claudia nicht gepackt haben und er, Pontius, bräuchte sich nicht zu quälen. Doch Jeschua war kein sturer Bibelbuchstabenfestgefahrener. Pontius war zwar nicht dabei gewesen, doch sein Schwager hatte ihm die Geschichte immer wieder erzählt. Es war, als ob er das Kapernaumdrama selber erlebt hätte – und er erlebte es ja auch tatsächlich immer wieder, Nacht für Nacht.

Dem biete auch die andere dar. Menschen aus Kapernaum eilten zu Jeschua und baten um Hilfe, Alte und Junge, selbst Kinder – die Kinder mit Tränen in den Augen.

Dem biete auch die andere dar. Pontius starrte schweissüberströmt auf seine zur Schale geformten Hände; der Wein troff zwischen den Fingern zu Boden. Oder war es gar nicht Wein? *Gekreuzigt unter Pontius Pilatus.* Es war Blut, das Blut des Heilers! Pontius stürzte zum *Lavabrum.* Hände waschen, Hände waschen, Hände waschen, Hände in Unschuld waschen! Auch seinem besten Freund hatte der Heiler geholfen. Und was hatte er, Pilatus, getan? Er hatte den, der allen geholfen hatte, gekreuzigt. Hände waschen, Hände waschen! In Kapernaum hatte es angefangen.

Dabei war er in Kapernaum doch gar nicht dabei gewesen. Warum gaukelte die Seele ihm Bilder vor, die er nur aus Erzählungen kannte? Er sah den todkranken Benjamin, sah den verzweifelten Valerius, er sah die wohltätigen Frauen und Kinder. Und jetzt liess sich das Bild Jeschuas nicht mehr verdrängen. Der Statthalter ächzte.

Die Dorfältesten traten auf den Heiler zu. «Rabbi, zwei Männer in unserem Dorf brauchen Hilfe. Da ist ein Hauptmann, ein Römer, aber ein Römer mit Herz, wie einer von uns, er hat uns eine Synagoge gebaut, Gott kann nichts gegen ihn haben. Er hat einen Sklaven – nein, einen Sohn – also einen freigelassenen Sklaven – also trotzdem einen Sohn, und dieser Sohn liegt im Sterben. Bitte, komm und heile ihn.»

Die für einen römischen Hauptmann und dessen sogenannten Sohn bittenden Dorfjuden berührten das Herz des Heilers. «So, so, er hat einen Sohn, einen Knecht, der für ihn ein Sohn ist. Ich verstehe», antwortete er mit Wärme. Er folgte den Dorfjuden in die römische Garnison.

Hauptmann Valerius war hoffend und bangend zwischen dem Lager des Sterbenden und der Tür hin und her geeilt. «Ich will mich vor dem Heiler nicht verstecken. Ich will ihm nichts vormachen. Er soll wissen, was zwischen Beni und mir ist, auch wenn das in seinen Augen eine todeswürdige Gotteslästerung ist. Er als guter Jude braucht auch gar nicht die Garnison oder unser Verbrecherhaus zu betreten. Aber heilen soll er Beni, heilen! Wenn er so heilerisch begabt ist, wie erzählt wird, kann er der Krankheit rufen, ohne das unreine Haus betreten zu müssen. So wie ich die Soldaten rufe und diese mir gehorchen, so soll er von ferne der Krankheit befehlen, und diese wird ihm gehorchen und Beni verlassen.» Er eilte zu dem Sterbenden, der kaum noch atmete. «Beni, Liebling, halte durch, halte durch!»

«Ich kann nicht mehr», röchelte dieser. Kaum noch hörbar flüsterte er: «Die Dorfbewohner, die mich hätten töten sollen, haben mich am Leben gelassen. Sie haben dem Gesetz Gottes nicht gehorcht. Sie sind dir und mir mit Liebe begegnet. Es ist Gott höchstpersönlich, der mich hasst und mich umbringt.»

Valerius legte dem Sterbenden ein kühlendes Tuch auf die glühende Stirn. Er hielt seine Hand.

«Gott hasst weder dich noch mich.»

«Woher weisst du das?»

«Unsere wunderbaren Dorfbewohner sagen, dass Jeschua ein echtes Abbild Gottes ist. Jeschua kommt und wird dich heilen. Wenn er dich heilt, ist es Gott, der dich heilt.»

«Wenn er mich heilt... wenn...»

«Er wird es tun, mein Liebling, das wird er ganz gewiss.»

Valerius eilte wieder zur Tür und wieder zurück. «Warum dauert das so lange?» Er küsste Beni sanft und erneuerte das heiss gewordene Tuch. «Durchhalten, Beni, durchhalten.»

«Ich bereue nichts», flüsterte Beni mit brechender Stimme, «ich habe erfahren, was Liebe ist. Wenn dieser Gott die Liebe hasst, dann soll er mich ruhig in die *Gehenna* werfen, dann will ich lieber dort sein als bei einem hassenden Gott.» Seine Stimme war kaum mehr zu hören.

«O Gott, Beni, bleib bei mir. Durchhalten, Beni.»

Endlich sah der Hauptmann die Männer kommen. Er rannte der Gruppe entgegen. Und dann stand er vor IHM. Zwei Augenpaare senkten sich ineinander. Jeder Zweifel, jede Unruhe wichen von dem Centurion. Sein Atem ging auf einmal ruhig. Er fühlte sich wie in jenen Augenblicken, wenn er vom Kaiser empfangen wurde. Sich vor dem Kaiser niederzuknien war eine Selbstverständlichkeit. Hier stand ein Handwerker, doch dieser Handwerker strahlte etwas aus, das höher war als kaiserliche Würde. Der Centurion fühlte sich sowohl unwürdig als auch zutiefst glücklich. Bewegt kniete der Mann aus römischem Adelsgeschlecht vor dem jüdischen Handwerker nieder.

«Es war ein Gebet», sagte er später zu seiner Schwester und ihrem Mann, «ich habe gebetet: 'Herr, ich bin nicht würdig, dass du eingehst unter mein Dach, aber sprich nur ein Wort, so wird der Mann, den ich liebe wie meine eigene Seele, gesund.'»

Der Statthalter von Helvetien hielt sich die Ohren zu. «Ich will sie nicht hören, diese Jeschuaworte. Zuschütten, herunterspülen!» Erneut stürzte er sich auf die Amphora. «Wein, Wein, mehr Wein!» Es nützte nichts. Zum abertausendsten Mal hörte er aus dem Mund seines Schwagers die Worte, die Jeschua zu ihm, dem schwulen Römer, gesagt hatte: «Solches Vertrauen, solchen Glauben und solche Liebe habe ich in ganz Israel nie gefunden. Der dir Herz und Seele bedeutet, ist gesund.»

Pontius sah es, wie wenn er selber dabei gewesen wäre: Der Nazoräer zog den schwulen Centurion aus seiner knienden Stellung zu sich hoch, umarmte ihn und sagte: «Geh hin in Frieden.»

Der Prokurator in seinem Militärzelt hielt sich immer noch die Ohren zu. Doch die Worte in seiner Seele dröhnten immer lauter: «Solches Vertrauen und solche Liebe habe ich in ganz Israel nie gefunden!»

Solche Liebe! Solche Liebe! Solche Liebe! Der Statthalter keuchte: «Aufhören! Aufhören! Ich will es nicht hören!» Doch es dröhnte weiter: «Solche Liebe! Solche Liebe!! Dein Sohn lebt!»

Und jetzt liess sich auch Claudia wieder hören. Beide hatten sie damals Valerius atemlos zugehört, als er mit vor Bewegung tränenerstickter Stimme von der Begegnung mit dem Heiler erzählt hatte. Auch den Eheleuten waren die Tränen gekommen. Claudia hatte gerufen: «Wenn das, was dieser Heiler glaubt, sagt und lehrt, jüdisch ist, möchte ich Jüdin sein! Endlich ein Mensch! Dieser Jude ist das Licht, das in unserer finsteren Welt aufleuchtet!»

«Endlich ein Mensch! Dieser Jude ist das Licht, das in unserer finsteren Welt aufleuchtet! Endlich ein Mensch, ein Mensch, ein Mensch – *der* Mensch!» Die Worte Claudias fuhren wie Dolchstösse durch seine Seele.

Pontius sah, wie Benjamin zur Bestätigung der Worte Claudias aufstand, sich in voller jugendlicher Kraft vor ihn, Pontius, stellte und sagte: «Ich war damals mehr tot als lebendig, aber schau mich an...» Er spannte seine Muskeln und stemmte den schweren Tisch, um den sie sich gelagert hatten, mühelos in die Höhe. «Das ist das Werk des Mannes, in dem viele unseren erwarteten Messias sehen. Ich bin überzeugt, dass er mehr ist als einfach nur der Messias.»

«Er ist *der* Mensch», wiederholte Claudia, «DER Mensch, er ist... er ist das Licht der Welt!»

Der Ausruf der schönsten aller Frauen und die Demonstration Benjamins erschreckten und verfolgten den Prokurator umso mehr, als sie genau das ausdrückten, was er zwar nie auszusprechen gewagt hätte, insgeheim jedoch selber auch gedacht hatte: Der Heiler war in der Tat das Licht gewesen, das in der finsteren Welt aufgeleuchtet hatte. Aber eben: Er war gewesen, es hatte aufgeleuchtet – Vergangenheit. Er raufte sich die Haare. «Ich habe das Licht ausgelöscht! Ich war es – ich, ich, ich!»

Ekel über sich selber schüttelte seinen Körper. Er fühlte sich wie ein Vulkan vor dem Ausbruch. Sein Magen zog sich zusammen. Eilends beugte er sich über das *Lavabrum*. Er wand und drehte sich, dann stiess er einen gurgelnden, gequälten Schrei aus. In mehreren Stössen schoss seine ganze Mahlzeit aus Mund und Nase. Brocken von Hirschrücken mit Erbsbrei und Zwiebeln landeten ekelerregend in einem rotgrünen Gemisch aus Galle und Rotwein auf dem Wannengrund, bei jedem neuen Schwall hin und her flutschend und über das *Lavabrum* hinausspritzend. Ein säuerlicher Geruch erfüllte das *Tabernaculum*. Der Prokurator schnaufte und keuchte. Endlich beruhigte sich der Vulkan. Schweisstriefend erhob er sich. Er wusch sich Gesicht und Hände, immer wieder die Hände – wie damals.

«Lass dir helfen, Freund», bat Valerius.

«Du kannst mir nicht helfen, du bist in Kapernaum.»

«Nimm seine Hilfe an, Geliebter», beschwor ihn Claudia.

«Deine Hilfe? Du bist tot.»

«Seine Hilfe.

«Seine...?»

«Ja, *seine* Hilfe.

Kapitel 9
Die Flucht

Die Lederwand am Eingang zum *Tabernaculum* knirschte, als sie von aussen geöffnet wurde. «Brauchst du Hilfe, Prokurator?» In gleissendes Mondlicht getaucht, stand die Wache im Zelteingang. «Ich habe dich schreien gehört.»

«Ich habe nicht geschrien, ich habe gekotzt. Ja, ich brauche Hilfe. Kannst du das *Lavabrum* reinigen und auch das *Tabernaculum* sauber machen? Wenn man nach mir fragt: Ich bin nicht zu sprechen. Ich brauche Luft, ich muss mir ein wenig die Beine vertreten.»

Pontius trat vor das Zelt. Eine feindlich klare Sternennacht mit einem unnatürlich grell leuchtenden Vollmond schlug ihm entgegen. Der See, die Fischerhütten, das Heerlager und der halbfertige Turm erstrahlten in unheimlichem silbernem Glanz. Aus dem Vollmond starrte eine Fratze den Statthalter grimmig an. Pontius fühlte sich bedroht.

«Eine zauberhafte Nacht», meinte der Wächter, der mit dem gereinigten *Lavabrum* zurückkehrte, bewundernd. «So etwas habe ich nie zuvor gesehen. Hell wie am Tag und doch dunkel, keine Farben, alles silbern; silbern der See, silbern die Berge, silbern die Zelte und Hütten, silbern der wachsende Turm der *Lucerna*, silbern die Äcker und Wiesen, silbern die Bäume. Schade, dass ich kein Mädchen dabeihabe. Ich stelle das *Lavabrum* ins *Tabernaculum*.»

Er erhielt keine Antwort. «Gern geschehen, Prokurator», sagte er herausfordernd. «Ich wünsche gute Besserung und ein erholsames Beine-Vertreten!» Kopfschüttelnd schaute er der schwarzen Gestalt des Statthalters nach, die wortlos an ihm vorbeistürmte und in den dunklen Silberwald floh.

Selbst unter den Bäumen mit ihren mächtigen schützenden Ästen, die das unnatürliche Silberlicht etwas dämpften, fühlte sich der Statthalter bedroht. Glühende Augen folgten ihm von Silberbaum zu Silberbaum. Im Unterholz knackte es unheimlich; ein silbernes Reh hetzte an ihm vorbei. Nach dem Knacken ein Beben des Waldbodens; ein Silberbär brach aus dem Unterholz. Der Todesschrei des Rehs drang Pontius durch Mark und Bein.

Und wer oder was sass vor ihm auf einem umgestürzten Baum, von einem Mondstrahl berührt? Ein Mensch? Ein Tier? Ein Racheengel? Sein Herz bebte. «Nazoräer, was verfolgst du mich?», flüsterte er. «Habe ich nicht genug gelitten unter deiner Liebe?»

«Du glaubst also auch, dass er lebt», frohlockte sein bester Freund und erhob sich von dem umgestürzten Baum. «Wie könnte er dich verfolgen, wenn er nicht lebte?»

«Schweig, du Stimme aus Kapernaum, er ist tot», zischte Pontius, «er ist tot. Ich werde verfolgt von einem Toten.»

«Er verfolgt dich nicht», flüsterte Claudia in den Bäumen. «Du bist es, der ihm folgt, du willst es nur nicht wahrhaben. Hat er dich beim Prozess auch nur ein einziges Mal hasserfüllt angeblickt?»

Pontius stürmte weiter durch den silbernen Wald, immer schneller, um die Stimmen hinter sich zu lassen, doch Claudia und Valerius liessen sich nicht abschütteln. «Hat er dich auch nur ein einziges Mal hasserfüllt angeblickt?»

«Nein, genau das hat er eben gerade nicht. Er hat mich nicht mit Hass angeblickt. Das ist es ja. Mit seinem Hass könnte ich leben, so wie ich mit dem Hass aller anderen, die ich verurteilt habe, sehr gut lebe. Es ist diese verdammte Liebe, die mich in den Wahnsinn treibt und mich Stimmen hören lässt, die es gar nicht gibt. Wie viele Menschen habe ich gekreuzigt? Tausend? Fünftausend? Oder noch mehr? Ich weiss es nicht. Schuldige und Unschuldige. Ich habe sie gefoltert, echte oder unechte Geständnisse aus ihnen herausgepresst und sie gekreuzigt. Und ich hatte Erfolg. Es gab kaum noch Anschläge. Rom war sicher. Ich war der am meisten gefürchtete und gehasste Mann in ganz Judäa. Der Hass und die Angst haben mir Ruhe und Frieden verschafft. Es ist die Liebe des Nazoräers, die mich verbrennt.»

«Du sagst, dass seine Liebe dich verbrennt.» Das war wieder der Schwager, der neben ihm lief oder sich in seiner Seele meldete. Was war Wirklichkeit? Was war Einbildung? Waren Valerius und Claudia wirklich bei ihm? Ihre Stimmen trösteten, schmerzten, besänftigten, peinigten, taten wohl. Er wollte die Stimmen unterdrücken und sie doch wieder hören. Wenn sie verstummten, versuchte er sie aus der Welt der Erinnerungen in die Gegenwart zu holen, bis er sie hörte.

«Aureli! Aureli!»

Nein, diese Stimme wollte er nicht hören. Diese Stimme tat nie wohl. Den Pater Familias wollte er nicht hören und schon gar nicht sehen. Er schob den Pater Familias zur Seite.

«Wie kann die Liebe des Heilers dich verbrennen?» Das war wieder Valerius. «Ich erinnere mich, dass du ihn bewundert hast, ohne ihn gesehen zu haben. Du hast ihn verehrt, weil er zur Feindesliebe angestiftet hat. Weil er so ganz anders war als du, ganz anders als jeder andere Mensch. Du hast ihn bewundert, weil er mich Schwulen einen Mann der Liebe genannt hat. Du hast ihn bewundert, weil er meinen Geliebten geheilt hat. Für Juden ist Benjamins Leben mit mir ein zweifaches Verbrechen: Leben mit einem Heiden und Leben mit einem Mann. Für den Heiler ist jede treue, verantwortungsbewusste Liebe ein Geschenk Gottes. Viele fühlten sich von dieser so unjüdischen und im Kern doch durch und durch jüdischen Botschaft befreit und sind dem Heiler nachgefolgt, aber ebenso viele haben ihn gehasst. Er liebte Zöllner, Huren und Schwule, er entheiligte den Sabbath und nannte die ehrwürdigen Schriftgelehrten Heuchler. Sein Tod war eine beschlossene Sache. Deine *Intelligentia Secreta* hat mehrere

Anschläge gegen ihn rechtzeitig vereitelt. Du hast ihn beschützt. Deine Bewunderung war grenzenlos.»

Pontius fiel ihm ins Wort: «Ich habe nicht aufgehört, ihn zu bewundern, es gibt keinen Menschen wie ihn. Besser gesagt: Es gab nie einen Menschen wie ihn – aber es gibt ihn nicht mehr.»

«Korrigiere dich nicht, Geliebter.» Das war Claudia. «Nicht: Es gab keinen Menschen wie ihn. Du hast richtig gesagt: Es gibt keinen Menschen wie ihn.»

«Nein, nein, bleiben wir in der Vergangenheit, es gab keinen Menschen wie ihn. Ich wollte ihn beschützen, aber es ist mir nicht gelungen; ich habe versagt!» Pontius wollte es laut herausschreien, unterdrückte den Schrei aber, weil ihnen aus einer Waldlichtung die Köhlerhäuser silbern entgegenleuchteten. Sie waren in Chriesi angelangt, das er *Kriensi* nannte. Der Prokurator hielt sich mit der Hand den Mund zu, damit Claudia und Valerius nicht rufen konnten. Er wollte nicht entdeckt werden. Niemand sollte sein Verschwinden bemerken; denn verschwinden, das wollte er. Bei aller Verwirrung der Gedanken und Gefühle, dieses eine wurde ihm bei jedem Schritt klarer: Der Name des Heilers, der selbst in dieser nördlichen Wildnis besungen wurde, sollte nicht mit seinem Namen verbunden bleiben. Er, der ehemalige Statthalter von Judäa, zurzeit Statthalter von Helvetien, wollte verschwinden, ohne die geringste Spur in der Geschichte der Menschheit zu hinterlassen; es würde ihn, Pontius Pilatus, nie gegeben haben.

Hinter Kriensi fing die Steigung an. Silbern ragte der Berg empor. Herabdonnernde Felsblöcke verliehen dem Berg eine mächtige Stimme. «Willkommen zur Taufe, Prokurator.»

Dass selbst der Berg sprechen konnte, verwunderte den Statthalter nicht im Geringsten. Wenn der abwesende Schwager und die tote Claudia mit ihm reden konnten, dann eben auch der Berg. Das Wort Taufe, das der Berg aussprach, erfüllte ihn in seiner Seelennot geradezu mit Befriedigung. Er wusste, was Taufe war.

Claudia hatte sich taufen lassen. Sie hatte immer wieder betont, dass bei der Taufe der alte Mensch verschwinde, sterbe, im Taufwasser ertrinke und als neuer Mensch auferstehe. Pontius wollte nicht auferstehen. Verschwinden, sich auflösen, endlich Ruhe haben, das war sein Wunsch.

«Pontius Pilatus, du wirst als Person verschwinden», rief der Berg, «aber der Name Pilatus wird in mir, dem Berg, auferstehen. Er wird in mir eingemauert sein. Bist du willig, zur Taufe zu mir heraufzukommen?»

Der Name Pilatus im Berg eingemauert, das war so gut wie verschwinden. Niemand würde fähig sein, den verfluchtesten aller Namen aus diesen mächtigen Felsen heraus zu hacken. Wer es versuchen sollte, den würde der Berg mit Steinschlag, Blitz, Donner und Wasserflut abwehren. Kein Mensch sollte je diesen Berg besteigen. «Ich bin willig, ich komme.»

Seine Füsse nahmen die Steigung in Angriff, aber sein Geist taumelte erneut durch die Vergangenheit.

Kapitel 10
Der Gerichtstag

Die Zitadelle, wie die römische Festung in Jerusalem genannt wurde, befand sich auf dem Nordhügel der Stadt, gegenüber dem Tempelberg. Zitadelle und Tempel konnten einander sehen und hören; die Römer wollten wissen, was im Tempel vor sich ging.

Pilatus hasste Jerusalem. Nur in der Hafenstadt Caesarea fühlte er sich zuhause. Caesarea mit dem rauschenden Meer und dem schützenden Hafen mit den majestätischen Schiffen. Die schöne Stadt mit ihren Göttertempeln, Theatern und Palästen war ein freundliches Klein-Rom. In Caesarea wurden nach Herzenslust Schweinefleisch und Krabbeltiere aus dem Meer gegessen. Die Bewohner von Klein-Rom waren Menschen aus allen Provinzen des römischen Reiches sowie Einwanderer aus Ländern ausserhalb des Reiches. Es wehte ein weltoffener freier Geist. In Caesarea konnte Pilatus sich ohne Leibgarde unter das Volk mischen. Hier konnte er atmen. In der jüdischen Zentrale hingegen verging ihm das Atmen. Das gewöhnliche Volk wich vor ihm zurück, wenn er in den engen Gassen auftauchte, während dagegen die herrschenden Schichten ihn umschmeichelten, mit «hochverehrter Prokurator» ansprachen und seine Hand küssten. Sie nannten ihn Hüter der Ordnung, Bewahrer des Friedens, doch er war sich bewusst, dass sie ihm am liebsten den Dolch in den Rücken gestossen hätten.

Jerusalem war eine Stadt in permanentem Ausnahmezustand, vor allem in den Zeiten jüdischer Feste. In der Passahwoche befanden sich zehnmal mehr Pilger in der Stadt als eigentliche Einwohner, unter ihnen religiöse Fanatiker sowie als Pilger getarnte Terroristen. Das bedeutete höchste Alarmstufe, welche die Anwesenheit des Prokurators erforderte. Da Pilatus Claudia nicht gefährden wollte, hatte er sie nie in das Terroristennest mitgenommen. Doch in der Passahwoche im Jahr 784 *ab urbe condita*, seit der Gründung der Stadt Rom, widersetzte sich seine Gemahlin der prokuratorischen Schutzmassnahme und ritt mit. Sie fühle sich verpflichtet, den Heiler aus Nazareth zu beschützen, falls dieser, was sie zwar nicht hoffe, in Jerusalem auftauchen sollte. Pilatus teilte Claudias Sorge um den Nazoräer. Er fühlte sich jüdischer Art und Weise gegenüber in einem Zwiespalt. Einerseits hasste er diese monotheistische Religion mit ihrem Hang zu messianischem Terrorismus, andererseits war der Heiler, der von den Ärmsten aller Armen wie ein Messias umjubelt wurde, in den Augen des Prokurators das Konzentrat jüdischen Glaubens, vom Besten das Beste. Keine andere Religion hatte einen solchen Menschen hervorgebracht. Selbst ohne ihn je persönlich gesehen zu haben, sagte er oft: «*Ecce Homo* – was für ein Mensch!» Gegen einen solchen Messias hätte er nicht das Geringste einzuwenden. Der von Rom anerkannte Vasall Herodes war ein König des Bisherigen mit althergebrachten jüdischen Zukunftsvorstellungen der schlimmsten Art. Der so ganz andere Messias Jeschua als König der Zukunft wäre das Ende der bisherigen jüdischen Hoffnungen auf Eigenstaatlichkeit, was Rom nur begrüssen würde – er wäre aber auch das Ende falscher menschlicher Machtstrukturen überhaupt. Er wäre das Heraufkommen eines neuen Menschen.

Der schlaue Fuchs Herodes – den Jeschua in aller Öffentlichkeit als solchen bezeichnete – bewirkte keine Veränderung der Menschen zum Besten. Herodes war genau so grausam wie der Prokurator. Aber dennoch gab es zwischen ihm und dem schlauen Fuchs einen gewaltigen Unterschied: Herodes war grausam um der Grausamkeit willen. Wer ihm missfiel, den brachte er eigenhändig um. Pilatus dagegen ordnete Hinrichtungen im Dienst von etwas Grossem an. Die *Pax Romana*, die vom Kaiser in Rom ausging, war etwas Grossartiges – aber eine *Pax Messianica* im Sinne des Friedefürsten wäre etwas viel Wunderbareres; das wäre das *Regnum Dei in Terra*, das Reich Gottes auf Erden.

Das *Regnum Dei*, das Gottesreich – das berichtete die geheime Imperiumspäherei –, genau das war die Botschaft des Heilers. Das römische Reich war zwar in einem gewissen Sinn auch so etwas wie ein Reich Gottes – ein Reich, auf das Pilatus stolz war. Der römische Kaiser, der Caesar, wurde als Gott verehrt, wobei für die monotheistischen Juden allerdings eine Ausnahmeregelung galt. Sie brauchten dem Kaiser keine göttliche Ehre entgegenzubringen. Für Pontius Pilatus diente die göttliche Anerkennung, die man dem Kaiser zusprach, der politischen Stabilität des Imperiums. Sie war in seinen Augen nützlich und gut, jedoch keine Herzensangelegenheit. Sässe allerdings ein Kaiser vom Format des Heilers und Friedefürsten auf dem römischen Thron, würde er, Pontius Pilatus, diesem Herrscher in der Tat aus tiefstem Herzensgrund göttliche Anerkennung zollen. Der Gruss «Heil Gott Caesar», den Frauen und Männer einander zuriefen, war reine Pflichtübung. Gebildete Römerinnen und Römer glaubten nicht an die Göttlichkeit des Kaisers. Wer indessen den Heil-Gott-Caesar-Gruss verweigerte, musste mit Verfolgung rechnen.

Die Reich-Gottes-Verkündigung des Heilers war den Schriftgelehrten und dem Hohepriester ein Dorn im Auge. Sie warfen dem Nazoräer zweierlei vor: zum einen, er habe eine nicht traditionelle, falsche Messiasvorstellung, zum andern, er habe sich, ähnlich wie die heidnischen Kaiser, zu Gott gemacht. Sich zu Gott zu erheben galt im Judentum als Gotteslästerung, die mit dem Tod bestraft werden musste. Nun also warteten die Strenggläubigen auf eine Gelegenheit, gegen den Lästerer vorgehen zu können. Jeschua durfte daher unter keinen Umständen – auch nicht um des Passah-Opferfestes willen – nach Jerusalem kommen.

Meldungen der *Intelligentia Secreta* hatten den Statthalter und seine Frau alarmiert. Die Späher hatten berichtet, dass sich der Heiler als Opferlamm verstehe. Der Opferlammglaube war eine weitere Variante der absurden jüdischen Religion. Propheten hatten angekündigt, dass sich eines Tages ein sogenannter Knecht Gottes als Sündensühneopfer hingeben werde. Opferlamm und Messianität schlossen sich zwar gegenseitig aus, doch laut Analyse der geheimen Imperiumspäherei hatte der Heiler diese Widersprüche in seiner Person miteinander versöhnt. Die Späher hielten es für möglich, dass der Heiler nach Jerusalem hinaufziehen würde, um sich als Sündenlamm darzubringen. Das Passahfest mit seinen Opferungen würde dem Heiler zu einem heiligen Selbstmord reichlich Gelegenheit bieten. Im Tempel floss das Opferblut in Strömen. Wer vom Blutrausch erfasst wurde, konnte durchaus auch das Opfer eines Menschen verlangen.

Da der *Sanhedrin* nach römischem Gesetz keine Todesstrafe ausführen durfte, mussten sie den Heiler entweder heimlich ermorden oder ihn durch eine falsche Anklage vor das römische Gericht bringen, was dann zur Folge haben würde, dass er, Pilatus, den Befehl zur Hinrichtung geben müsste. Gegen beide Möglichkeiten musste der Statthalter sich wappnen. Um eine Ermordung wenigstens zu erschweren, hatte er die Präsenz der *Intelligentia Secreta* sowie der Soldaten massiv verstärkt. Im Fall einer Anklage wegen Hochverrats gedachte er die Schriftgelehrten an seiner juristischen Gewandtheit scheitern zu lassen. Den Machenschaften des scheinheiligen religiösen *Sanhedrin* wollte er ein Ende setzen. Er hoffte aber immer noch, dass der Heiler gar nicht erst nach Jerusalem kommen würde.

Pontius, in seiner Seelenraserei zum Berggipfel emporstürmend, holte tief Atem. Er befand sich bereits oberhalb der Baumgrenze. Hier war er dem grausamen Licht des silbernen Mondes schutzlos ausgeliefert. Die Mondfratze starrte ihn anklagend an. Fern jeder menschlichen Behausung konnte ihn niemand mehr hören, keiner sich seiner erbarmen, keiner ihn von seinem Vorhaben abbringen.

«Es hat alles nichts genützt! Der *Sanhedrin* hat mich erpresst, übers Ohr gehauen», brüllte der Prokurator in die Felswand.

«Genützt, genützt, genützt... erpresst, erpresst, erpresst... gehauen, hauen, hauen», spottete das Echo.

Wieder lösten sich Felsblöcke und donnerten in die Tiefe. Pontius auf seinem Todesmarsch verstand ihre Stimme. Es war die

Einladung zu seiner Strafe. Auf ihn wartete die Taufe. Pontius sollte verschwinden, die verzweifelte, von Gott verfluchte Seele des Pilatus dagegen sollte als wilder gefährlicher Berg Verderben über jeden bringen, der sich ihm näherte. Niemand sollte Pilatus erlösen können, für den Gottesmörder gab es keine Sühne.

Der Prokurator von Helvetien, gepeinigt von dem stechenden Silberlicht am Himmel, eilte weiter bergaufwärts, begierig, die gerechte Strafe für das grosse Drama zu empfangen, das sich vor ihm immer wieder abspielte, zum tausendsten Mal, lebendiger denn je. Doch diesmal würde es das letzte Mal sein.

Pontius Pilatus blickte von der römischen Festung Jerusalem unruhig in Richtung Ölberg. Seine schlimmsten Befürchtungen schienen einzutreffen. Der opferbereite Heiler hatte für seinen heiligen Selbstmord beste Öffentlichkeitsarbeit geleistet, mit geschickter Einbeziehung einer messianischen Sacharja-Prophetie, die jedem gläubigen Juden auf dem Herzen brannte. Der Ölberg war die grosse Schaubühne Jerusalems; was auf dem Ölberg geschah, konnte von der Stadt aus von allen genau beobachtet werden. Auf der Ölbergschaubühne inszenierte der Heiler einen messianischen Akt: Genau, wie Sacharja es beschrieben hatte, kam er als Messias auf einem Esel vom Ölberg herabgeritten.

Ganz Jerusalem geriet in Aufregung. Die Schriftgelehrten und der Hohepriester waren entsetzt. Wenn dieser Möchte-Gern-Messias die Massen auf seine Seite ziehen würde, würden die Römer den Aufstand im Blut ersticken. Das wäre das Ende des jüdischen Volkes. Wer nicht fliehen konnte, würde wie Vieh abgeschlachtet werden. Die Juden waren zwar ein unterdrücktes Volk ohne staatliche Unabhängigkeit, aber immerhin ein Volk in einem eigenen Land, ein Gottesvolk im von Gott verheissenen Heiligen Land. Das Heilige Land und das Heilige Jerusalem, das war nicht nur Heimat, das war jüdisches Glaubensgut. Das Volk und sein Glaube waren in Gefahr.

Der Hohepriester berief eiligst eine Krisensitzung ein. Die Angst der Tempelleute war berechtigt. Aus den armen Bevölkerungsschichten eilten dem Heiler Männer, Frauen und Kinder zu tausenden entgegen. Sie rissen Zweige von den Palmen und riefen begeistert: «Heil dir, Messias, heil dir, König der Juden, Hosianna in der Höhe!» Antirömische Parolen waren keine zu hören. Sie waren gar nicht nötig. Was die Demonstranten mit ihren Hosiannarufen ausdrückten, war deutlich genug: Sie wollten frei sein von Rom. Ob der Heiler mit seinem symbolischen Ritt dasselbe bezweckte, war allerdings eine andere Frage.

Eine solche Zusammenrottung von Menschen hatte Jerusalem nie zuvor gesehen. Hätte Pilatus den Truppen nicht ausdrücklich untersagt einzugreifen, hätten diese automatisch zugeschlagen und ein Blutbad angerichtet, doch der Prokurator hatte sich von seinem Experten für jüdische Kultur und Religion, vom Juden Pinchas, gut beraten lassen. Nicht alle Juden waren Rom hassende Ungeheuer. Pinchas war ein begeisterter Verehrer des Heilers und ein ehrlicher, anständiger Ratgeber des Statthalters. Er hatte dem Statthalter glaubwürdig erklärt, was ein Mann wie Jeschua seiner Meinung nach mit seinem Ritt ausdrücken wollte. Sacharja hatte in der Tat die Ankunft des Messias angekündigt, aber eines Messias, der nicht den allgemeinen jüdischen Vorstellungen entsprach. Die Juden erwarteten einen kriegerischen Messias, der auf einem feurigen Pferd galoppierend in Jerusalem einziehen und die Römer aus dem Land jagen würde. Der Messias des Sacharja dagegen ritt bescheiden auf einem Esel, was kein kriegerischer König je tun würde. Mit dem König auf dem Esel sollte ein Reich der Gewaltlosigkeit, der Liebe und des Friedens anbrechen. Pilatus brauchte diesem Messias nicht mit Heeresmacht entgegenzutreten.

Die Läufer der *Intelligentia Secreta* eilten zwischen der Festung und den Demonstranten vor der Stadt hin und her. «Der Heiler hält eine Rede», meldeten die Späher. «Hier die ersten Worte davon.»

Der Prokurator nahm ein Wachstäfelchen entgegen, auf dem eine Zusammenfassung der Rede des Heilers in lateinischer Übersetzung stand. «Jerusalem, Jerusalem, wie oft habe ich deine Kinder sammeln wollen wie eine Henne ihre Küchlein unter ihre Flügel sammelt, aber ihr wollt nicht die Feindesliebe und die Gewaltlosigkeit. Euer Nicht-Verstehen-Wollen wird euch den Untergang bringen.»

Pinchas nickte: «Siehst du, Prokurator, genau, wie ich dir gesagt habe, der Esel ist das Reittier des Königs der Gewaltlosigkeit. Dieser Messias ist ein anderer Messias als der Messias, von dem die Schriftgelehrten reden.»

Es trafen weitere Nachrichten ein:

«Der Heiler kritisiert den *Sanhedrin*.»

«Der Heiler nennt die Schriftgelehrten blinde Führer.»

«Der Heiler schmäht die Priester Söhne der Hölle.»

«Der Heiler weint.»

Pinchas wurde leichenblass: «Der von den Juden erwartete Messias darf kein weinender Messias sein, das gemeine Volk wird enttäuscht sein. Ihre Begeisterung wird sich in Wut verwandeln.»

Im Tempel schienen sich unheimliche Dinge abzuspielen. Wütendes Geschrei war bis zur Festung zu hören. Keuchend überbrachten die Läufer ihre Mitteilungen.

«Der Heiler ist im Tempel.»

«Der Heiler stört die Sitzung des *Sanhedrin*.»

«Der Heiler legt sich mit den Reichen an.»

«Der Heiler stösst die Tische der Händler um.»

«Der Heiler schlägt mit einer Peitsche auf wichtige jüdische Persönlichkeiten ein.»

«Der Heiler führt sich auf wie ein Gott, dessen heiliger Tempel in eine Räuberhöhle verwandelt worden ist.»

«Da soll mir doch gleich Jupiter ans Bein pissen», fluchte Pilatus, «das ist der Opferlammwahn eines Selbstmörders. Die Strenggläubigen werden den Mann, der so gar nicht wie der von ihnen erwartete Messias ist, steinigen. Plan B», befahl er, «Schutzhaft. Der Heiler ist wegen Störung der öffentlichen Ruhe festzunehmen und wird zu seiner Sicherheit ins Verliess nach Caesarea gebracht. In den Sündenpfuhl Caesarea wagt sich kein frommer, Steine werfender Jude.»

Auf einmal verstummte der Lärm, die Strassen der Stadt leerten sich. Aus den Häusern erklang frommer Gesang. Welch ein Kontrast zu dem Tumult kurz zuvor.

«Das Passahfest hat begonnen», erklärte Pinchas.

Pontius Pilatus nickte grimmig. «Ich weiss, sie singen von dem bösen Pharao und denken dabei an uns. Sie wünschen uns blutiges Wasser, Frösche, Mücken, Bremsen, Pest, Hagel, Heuschrecken, Finsternis und den Tod unserer erstgeborenen Söhne.» Pilatus steigerte sich in immer grössere Wut. «Sie singen: Pharao, lass das Volk ziehen, und meinen dabei: Pilatus, hau ab!» Auf einmal lachte er aber und klopfte Pinchas freundschaftlich auf die Schultern: «Was stehst du noch bei dem Römer, du treue Seele? Deine Familie wartet auf dich; sie will mit dir Frösche und Mücken auf uns herabbeten.»

«Danke, Prokurator», meinte Pinchas, «meine Frau und meine Kinder warten in der Tat auf mich. Die Frösche und Mücken werden wir aber nicht aktivieren. Wir werden beten: 'Volk, lass den Heiler unbehelligt ziehen.' Danke, Statthalter, dass du nicht mein Volk in seiner Gesamtheit hasst. Mich jedenfalls magst du, und du willst dem Heiler, dem jüdischsten aller Juden, helfen.»

Pilatus nickte. «Ich will aber nicht nur dem Heiler helfen. Das zwar durchaus. *Ecce Homo*, endlich ein Mensch, ein wahrer

Mensch! Aber ich will auch endlich diesem verdammten Hohepriester Kajaphas und der ganzen *Sanhedrinbande* eine Lektion erteilen. Diese gelehrten Heuchler sollen nicht über den Zimmermann aus Nazareth triumphieren! Gehab dich wohl, getreuer Pinchas.» Pilatus blickte seinem Experten für kulturelle Fragen wohlwollend nach.

Es wurde Nacht. Sklaven brachten brennende Fackeln. Pilatus ernannte zwanzig bewaffnete Reiter, welche den Schutzgefangenen eilends nach Caesarea bringen sollten, sobald man seiner habhaft geworden wäre.

Es war kalt. Die Soldaten sassen um ein Feuer. Sklaven reichten Brot und Fleisch herum.

Pilatus wartete. Warum dauerte das bloss so lange? Der Gefangene müsste doch längst schon in der Zitadelle sein? Der Heiler konnte sich unmöglich in Luft aufgelöst haben. Wo blieben die Späher? Wo blieb der Suchtrupp?

Es ging gegen Mitternacht, als die Soldaten von Plan B endlich erschienen. Pilatus eilte in den Burghof. – Das durfte doch nicht wahr sein! Sie erschienen ohne den Schutzgefangenen. «Bei Zeus und allen Göttern, wo habt ihr den Heiler?»

«Alle Juden sind verschwunden. Auch der Heiler. Entweder haben sie ihn bereits ermordet oder er ist mit Hilfe einiger übriggebliebener Anhänger in der Menschenmenge untergetaucht und feiert irgendwo das Passahmal. Vielleicht hat er irgendwo ein Versteck. Vielleicht weiss Kajaphas mit seinen Häschern, wo er die Nacht verbringt.»

«Er weiss es, Prokurator.» Der Läufer, der keuchend angerannt kam, hatte die Worte des Hauptmanns gehört. «Kajaphas hat es in Erfahrung gebracht. Es hat ihn dreissig Silberlinge gekostet, einer seiner eigenen Leute hat den Heiler verraten, die Tempelgarde hat ihn verhaftet.»

«Wo denn?», fragte Pilatus streng.

«Im Garten Getsemane.»

«Und unsere Leute waren nicht dort?»

«Doch, unsere Späher haben den Nazoräer entdeckt, aber die Tempelgarde hatte durch den Verrat einen Wissensvorsprung. Sie wussten bereits, wo Jeschua hingehen würde, bevor er dort war.»

Pilatus seufzte.

«Haben wir einen Fehler gemacht?», fragte der Läufer kleinlaut.

Pilatus schüttelte den Kopf. «Nein, habt ihr nicht. Der Verrat eines Anhängers hat uns einen Strich durch die Rechnung gemacht. Geh ans Feuer, Späher», sagte er, «du bist ja ganz erschöpft.» Laut rief er: «Bringt ihm etwas zu essen und vor allem zu trinken.»

«Danke, Prokurator.»

Pilatus stieg auf den Wehrturm. Sein Blick schweifte hinüber zum Tempelberg. Welch ein Kontrast zu der Passahstille, die sich zu Beginn des Abends über Jerusalem gebreitet hatte. Aus den Häusern strömten Leute. Pilatus sah ganze Lichterzüge von Öllämpchen und Fackeln, welche dem Tempelberg zustrebten. Die aufgeregten Stimmen drangen bis zu ihm herüber.

Der Prokurator verliess den Turm und eilte in den Wohnteil der Zitadelle. Er empfand das Bedürfnis, bei Claudia zu sein. Er wollte sie nicht wecken, nur ihre Gegenwart spüren, um sich zu stärken für das, was auf sie beide zukam. Leise öffnete er die Türe zu ihrem Raum. Er erschrak. Claudia lag auf ihrem Lager, im Schlaf schreiend und weinend. Sie musste Furchtbares träumen. «Claudia, Liebling, wach auf!»

Sie öffnete die Augen. Zitternd barg sie sich in seinen Armen. «Ich habe geträumt.»

Pontius küsste sie sanft und trat ans Fenster. Tausende von Hähnen kündigten den neuen Tag an. Hunde bellten.

«Ich muss dir unbedingt erzählen, was ich geträumt habe, Liebling.»

«Nicht jetzt, teure Claudia, ich muss meine Gedanken sammeln.»

«Ponti, *mi Amor*...»

Pilatus begab sich in das Zitadellen-Thermalbad. Im heissen Wasser liegend konnte er am besten nachdenken. Wie ein Spieler des römischen *Ludus Latrunculorum* sich wichtige Schachzüge, die von berühmten Spielern gespielt worden waren, vorstellen und aneignen kann, liess er sich wichtige Reden des grossen Cicero durch den Kopf gehen. Er rasierte sich. Ein Sklave brachte Fladenbrot und heissen Wein verdünnt mit Wasser.

Noch während er sich stärkte, hörte er den Lärm der Leute, die in den Burghof strömten. Jetzt konnte nur noch Plan C helfen, die Sprachgewandtheit. «Danke, Angelos», murmelte er, «danke, dass du aus mir einen Redner gemacht hast, der überzeugen kann. Ich muss jetzt Cicero sein.»

Es war Zeit. Pilatus betrat die Richterbühne. Energisch setzte er sich auf den Richterstuhl. Keine Schwäche zeigen. Plan A und Plan B waren gescheitert. Kajaphas war ihm zuvorgekommen. Die Häscher des Hohepriesters hatten Jeschua gefunden. Das hohe jüdische Gericht hatte den berühmten, geliebten und ebenso verhassten Nazoräer gefasst und zum Tod verurteilt. Der römische Statthalter sollte nun das Urteil des *Sanhedrin* bestätigen und vollstrecken. Pilatus blickte zum Burgfenster, wo Claudia stand. Seine Lippen formten ein C – Plan C, die juristische Geschicklichkeit.

Die Menschen drängten sich zu tausenden. «All ihr Götter und Göttinnen, samt dem Gott des Nazoräers», betete Pilatus in seinem Herzen, «lasst viele Anhänger des Angeklagten in dieser Menschenmenge sein.»

Jeschua wurde vor den Richterstuhl geführt. Besorgt, neugierig und mit Wärme blickte Pilatus den Heiler an. Neugierig, weil er ihn noch nie gesehen hatte. Jeschua war in seinem Alter, vielleicht einige Jahre jünger, gutaussehend, Handwerkertyp, jedoch durch sein Gewand und sein schönes, herabwallendes braunrötliches Haar als Nachkomme König Davids erkenntlich – laut den Schriften war das Haar von König David braunrot gewesen. Pilatus hatte sich den Heiler als bärtigen Propheten vorgestellt, doch jetzt stand ein bartloser Mann vor ihm, mit spriessenden Nachtstoppeln, weil er sich seit der Festnahme nicht hatte rasieren können. Pilatus verstand dank Claudia einiges von Kleidern. Der Heiler trug eine Toga aus reinem Leinen, nicht aus verschiedenen Stücken zusammengesetzt, sondern ein nahtloses Ganzes, wie der Prokurator mit geübtem Auge feststellte. Die Farbe der Toga war ein weiches Cremeweiss mit einem Stich ins Bräunliche. Liebende Hände mussten dieses Gewand gewoben haben, eine königliche Kostbarkeit; im Fall einer Kreuzigung würden es die Soldaten noch so gerne als Beute behändigen. Zu einer Kreuzigung würde es allerdings nicht kommen, das würde der Prokurator zu verhindern wissen! Über der Toga trug der Heiler wie alle Männer einen Überwurf, der bis an die Taille reichte. Bei Juden endete der Überwurf mit Fransen, den sogenannten *Zizit*, Schnüren mit sechshundertdreizehn Knoten. Von Benjamin wusste Pilatus, dass jeder Knoten an eines der sechshundertdreizehn Gebote erinnerte, welche Juden verpflichtet waren zu halten. Das Obergewand war daher ein eigentlicher Gebetsüberwurf. Juden hüllten sich mit ihren Kleidern in Gebete ein. Wie bei vielen Juden waren auch bei Jeschua einige der weissen Fransenschnüre mit dem Blut des Mittelmeerschellfischs Chilason blau eingefärbt. Pilatus machte sich über die Symbolik des Gewandes des Heilers so seine Gedanken. Die Gebetsschnüre: weiss für die Reinheit und Ewigkeit des Allmächtigen, blau für die Tiefe des Meeres und die Unendlichkeit des Himmels…

Von Benjamin hatte Claudia die Gebetsworte gelernt, welche Juden sprachen, wenn sie den *Zizit* über sich legten: «*Baruch ata, Adonaj, Elohejnu, Melech ha'olam, ascher kideschanu bemizwotaw, weziwanu al Miswot* – Gesegnet seist du, Herr, König des Universums, der du uns durch deine Gebote geheiligt hast.»

Abgesehen von der Kostbarkeit der Toga war Jesus gekleidet wie jeder andere Jude auch, doch zum ersten Mal in seinem Leben berührte die jüdische Gebetskleidung das Herz des Prokurators. Die Persönlichkeit des Heilers strahlte das aus, was die Gebetskleidung ausdrückte. Vor ihm stand ein Gebet, das Menschengestalt angenommen hatte. Das also war der Mann, dessen Worte und Taten derart erstaunlich waren.

Viele Aussprüche des Nazoräers waren Pilatus bekannt. Claudia sammelte eifrig, was in den Gassen und auf den Märkten an Weisheitssprüchen, Geschichten, Taten und Wundern des Heilers herumgeboten wurde. Bei seiner Geburt sollten Engel gesungen haben, sogar Herodes kam in seiner Geburtsgeschichte vor. Pilatus war bekannt, dass der grausame König nicht davor zurückschreckte, neugeborene mögliche Thronanwärter, die ihm gefährlich werden könnten, umbringen zu lassen. Diese Gräueltaten waren offenbar in die Geburtsgeschichte des Messias eingeflossen und hatten die Gerüchte von einem Kindermord zu Bethlehem und einer Flucht der Eltern des Heilers nach Ägypten ausgelöst. In den Akten seines Vorgängers hatte er zwar nichts gefunden, das den Kindermord bestätigen würde, und Pilatus hatte seine Zweifel, ob der Vasallenkönig das tatsächlich getan hatte.

«Natürlich hat dieses Scheusal das getan», versuchte Claudia seine Zweifel zu zerstreuen, «du willst immer alles juristisch, historisch und wissenschaftlich bewiesen haben. Du weisst doch, wie Herodes ist. Reicht dir das nicht?»

Die Wundergeschichten hatten es Claudia immer besonders angetan. Als Jugendlicher hatte der Heiler angeblich aus Lehm Vögel geformt, ihnen Leben eingehaucht und sie fliegen lassen. Claudia liebte solche Erzählungen. Pilatus hielt sich lieber an die Berichte der *Intelligentia Secreta*, die er stets gründlich studierte und analysierte. Als etwa Herodes dem Heiler am Ufer des Sees

Genezareth begegnet war und ihn begierig aufgefordert hatte, ein Wunder zu tun und über den See zu laufen, hatte sich dieser geweigert. Pilatus gönnte dem gekrönten Gegenspieler aus Galiläa die Abfuhr von ganzem Herzen.

Eine Sammlung von Aussprüchen des Heilers, die Pilatus sich angelegt hatte, nannten Claudia und er *Oratio Montana*, Bergpredigt. Ab und zu führten sie sich für philosophische Gedankenspiele Kernsätze aus der *Oratio Montana* zu Gemüte, vor allem wenn der Hauptmann von Kapernaum und sein Geliebter zu Besuch kamen. Sie malten sich begeistert aus, wie ein Reich aufgebaut auf diesen Prinzipien aussehen würde. Das wäre die Rückkehr des von den römischen Dichtern besungenen goldenen Zeitalters oder, in der Glaubenswelt des jüdischen Geliebten, die Heimkehr ins Paradies.

Zu schön, um wahr zu sein, Utopie, völlig undurchführbar, wie das Beispiel des Atheners Sokrates bereits gezeigt hatte. Sokrates war von der athenischen Oberschicht als Gottesleugner angeklagt und zum Tod durch den Giftbecher verurteilt worden. Auch den Heiler hatte der Hohe Rat wegen Gotteslästerung zum Tod verurteilt, und dieses Urteil sollte er, Pilatus, nun bestätigen und vollstrecken.

Bei den römischen Gerichten stand auf Gottesleugnung oder Gotteslästerung nicht die Todesstrafe – ausgenommen bei Leugnung der Göttlichkeit des Kaisers. Dass Pilatus aufgrund von Gotteslästerung kein Todesurteil vollstrecken würde, war dem Hohepriester bewusst. Die römischen Gerichte fällten ihre Todesurteile bei Mord, Terrorismus und Hochverrat. Jeschua musste des Verbrechens überführt werden, sich als Messias, als König der Juden, ausgegeben zu haben. Den Versuchen glühender Verehrer, ihn zum König zu machen, war der Nazoräer zwar geschickt ausgewichen, aber er hatte entsprechende prophetische Ankündigungen immer wieder auf sich bezogen und sogar symbolisch inszeniert. Pilatus wusste, dass Kajaphas den Einzug in Jerusalem auf einem Esel als Beweis anführen würde.

Der Prokurator schaute den Heiler an. Der Heiler schaute den Prokurator an. Sah so ein heiliger Selbstmörder mit Opferkomplex aus? Der Nazoräer hatte trotz der Schlichtheit eines Handwerkers etwas Erhabenes an sich, als ob er die Fäden für die bevorstehenden Verhandlungen in seiner Hand hielte. Diese königliche Ruhe! War das Liebe auf den ersten Blick? Am liebsten hätte er den Gefangenen mit den spriessenden Nachtstoppeln in die Arme genommen.

Pilatus gab sich seinen Ruck. Was waren das denn für Gefühle? Er war schliesslich ein Mann mit strengem römischem Verstand! Er schaute hinüber zum Hohepriester. Dieser war offenbar anderweitig beschäftigt. Er flüsterte eindringlich mit verschiedenen Leuten. Leistete er Überzeugungsarbeit? Jedenfalls schien er nicht darauf zu achten, was zwischen dem Statthalter und dem Heiler vorging.

«Gib mir kluge Antworten, Jude, bitte», flüsterte Pilatus. «Ich will meine Macht, dich zu töten, nicht anwenden. Zwing mich nicht, ein Todesurteil zu fällen.»

«Du hättest keine Macht über mich, wenn sie dir nicht von oben gegeben worden wäre», antwortete der Heiler mit einem freundlichen Lächeln.

«Das ist wieder so ein Ausspruch, der in die *Oratio Montana* passen würde», dachte Pilatus, «das muss ich für Claudia aufschreiben.» Doch jetzt hatte er anderes zu tun. Er hob die Hand. Gemurmel und Getuschel verstummten.

«Heil dem Kaiser, unserem Gott», sprach Pilatus laut und feierlich zu der Volksmenge, «der Prozess gegen Jeschua, genannt der Heiler, Sohn des Joseph und der Maria, Zimmermann aus Nazareth, ist eröffnet.»

«Jeschua, du bist angeklagt wegen Hochverrats. Sie sagen, dass du der König der Juden bist.»

Pilatus hatte seine Worte bewusst gewählt: «Sie – die andern – sagen, dass du der König der Juden bist.»

«Du sagst es», antwortete der Nazoräer, «das sagen sie tatsächlich. Es ist die Wahrheit. Sie sagen es.»

«Gut geantwortet», dachte der Prokurator, «die andern sagen es, nicht er selber, und geschickt das Wort Wahrheit ins Spiel gebracht. Jetzt geht es um Philosophie, nicht mehr um Politik.» Laut fragte er: «Was ist Wahrheit?»

«Dass mein Reich nicht von dieser Welt ist.»

Pilatus auf seinem Richterstuhl lehnte sich erleichtert zurück. Die Sache lief gut. Ein Reich, das nicht von dieser Welt war, konnte Rom nicht bedrohen.

«Könntest du das bitte laut sagen, dass alle Anwesenden es hören», forderte er den Angeklagten auf.

«Mein Reich ist nicht von dieser Welt.»

Ein Raunen ging durch die Menge. Die Männer und Frauen hatten diese Antwort nicht erwartet. Sie schienen sich zu beraten. Würden sich Anhänger und Feinde des Heilers einigen können, den Heiler freizusprechen? Das Gemurmel wurde lauter. Pilatus folgte dem Blick des Hohepriesters, der gespannt auf eine Anzahl Männer gerichtet war, die sich zwischen den Anwesenden hin und her bewegten und auf diese einredeten. Was ging da vor sich? Gleich würde der Hohepriester behaupten, der Nazoräer habe versucht, ein ganzes Heer zusammenzustellen. Dem musste Pilatus zuvorkommen.

«Ruhe!», gebot er. «Lasst uns hören, ob dieser König einer anderen Welt ein Heer zur Verfügung hat, welches das Imperium gefährden könnte.»

«Dieser verdammte Hohepriester wird doch kaum behaupten wollen, dass die zwölf Männer um Jeschua ein Heer seien», dachte er.

Laut fragte er; «Hat dieses Reich, das ein Reich von einer anderen Welt ist, ein Heer, das gegen die Römer kämpfen würde?»

«Mein Vater könnte Legionen von Engeln schicken, um mich zu befreien. Er wird es nicht tun. Er will es nicht, und ich will es auch nicht. Was mein Vater will, will auch ich, und was ich will, will auch mein Vater. Mein Vater und ich sind eins.»

Der Prokurator zuckte zusammen. Sah dieser Jeschua denn nicht, dass diese Aussage ihn das Leben kosten könnte? Ich und mein Vater sind eins, das konnte als Gottgleichheit ausgelegt werden.

«Er lästert Gott!», brüllte Kajaphas, «Er macht sich zu Gott.»

«Interessiert Rom nicht!», brüllte Pilatus zurück.

Kajaphas griff dramatisch in sein wallendes Gewand.

«Der Hohepriester zerreisst seine Kleider!», schrie die Menge entsetzt. «Das tut kein Hohepriester, ausser wenn die Sache Gottes mit seinem auserwählten Volk auf dem Spiel steht.»

Die Stimme des Prokurators, der Ruhe verlangte, ging völlig unter in dem Lärm.

«Tod dem Gotteslästerer!», brüllten die *Sanhedrinleute*. «Ans Holz mit ihm! Kreuzigen!»

Der Prozess, der dank Pilatus gut angefangen hatte, drohte aus dem Ruder zu laufen.

Claudia hatte ihren Fensterplatz verlassen und war zu ihrem Mann geeilt. Sie war leichenblass. «*Mi Amor*, Geliebter, wenn du diesen Unschuldigen hinrichtest, wirst du für den Rest des Lebens unglücklich sein. Das ist, was ich geträumt habe.»

Pilatus fühlte, wie ihm der Schweiss über den Körper lief. «Zeus, Hera, Apollo, Hermes, Gott des Nazoräers, eilt mir zu Hilfe», flehte er innerlich, «ich muss diese rasende Menge an ihrer Volksseele packen. Sie wollen ja einen König.» Er gab der Heermusik ein Zeichen. Trommelwirbel und Posaunenschall übertönten das Gebrüll. Es wurde ruhig.

Pilatus zeigte auf den Heiler. «Das ist der König aus einer anderen Welt.»

«Wir haben keinen König», rief der Hohepriester, «wir haben den Kaiser!»

«Wir haben den Kaiser!» Tausende nahmen den Ruf des Hohepriesters auf: «Kaiser! Kaiser! Kaiser!»

«Verdammte Heuchler und Lügner, frommes Pack!» Das sprach der Prokurator freilich nur in Gedanken. Er bebte vor Zorn. Er spuckte auf den Boden.

«*Mi Amor*, denk an meinen Traum.» Claudia weinte.

«Kaiser! Kaiser!»

Wieder übertönte die Heermusik den Tumult.

«Was hat dieser Friedenskönig euch Juden Böses getan?»

Pilatus vergass sein vorsichtiges Reden. Den Ausdruck Friedenskönig sprach er liebevoll aus, das Wort Juden voller Verachtung.

«Wenn du diese Judensau schützt, bist du des Kaisers Freund nicht mehr», drohte der Hohepriester.

Der Prokurator hatte den Angeklagten Friedenskönig genannt, der Hohepriester gebrauchte schlau das Wort Judensau. Juden und Sau, das passte nicht zusammen. Judensau – einen treffenderen Ausdruck hätte der Hohepriester nicht finden können, um Ekelgefühle zu schüren. Sau, das fuhr den Anwesenden durch Mark und Bein. Das Schwein galt bei den Juden als das unreine Tier schlechthin. Schweine übertrugen Krankheiten, Schweine ernährten sich von Abfällen. Schaudernd erzählte man sich in Judäa, dass heidnische Heerführer nach einer Schlacht Herden von Schweinen über die Schlachtfelder ziehen liessen, welche die Leichen auffrassen. Das verhinderte Seuchen.

Der Vergleich mit den verhinderten Seuchen setzte die Heilungen des Nazoräers herab. «Er treibt die Dämonen mit Hilfe des Teufels aus», brüllten einige Männer.

Der Nazoräer war kein Wohltäter mehr, kein Heiler, er war ein Schwein, er hatte den heiligen Glauben zur Sau gemacht, eine Schande für jeden gläubigen Juden. Jeschua hatte aufgehört, ein jüdischer Mensch zu sein; er war, was es gar nicht geben durfte: eine jüdische Sau. Mit Hass und Ekel nahmen die Anwesenden den Ausdruck auf. «Judensau! Judensau! Ans Holz mit der Judensau! Lang lebe der Kaiser! Ans Kreuz mit der Judensau! Lang lebe der Kaiser!»

Der Prokurator und der Hohepriester warfen einander hasserfüllte Blicke zu. In den Augen des Hohepriesters war zu lesen: «Zwinge ich dich endlich in die Knie, du stolzer Römer, und das erst noch mit dem Kaiser, den der Teufel holen möge.» Der Römer knirschte mit den Zähnen. «Dir werd' ich's noch zeigen, du Dreckspriester; ich werde dich mit deinen eigenen jüdischen Bräuchen in die Enge treiben!»

Er hatte noch einen Trumpf in den Händen, gegen den der Hohepriester machtlos sein würde. Er erteilte den Wachsoldaten einen Befehl. Claudia blickte Pilatus verzweifelt an. «*Mi Amor*, denk an meinen Traum.» Er versuchte sie zu beruhigen. «Alles wird gut, *Carissima*.» Doch würde es ihm überhaupt noch gelingen, den Prozess in seinem Sinne weiterzuführen?

Der Hohepriester grinste ihn höhnisch an.

Zwei Wächter führten den Schrecken Jerusalems in Ketten herbei. Schreie des Entsetzens wurden laut. Hätte es in der dichtgedrängten Menge Platz zum Zurückweichen gegeben, die Männer und Frauen wären ängstlich zurückgewichen. Barabbas war der Anführer einer Terroristengruppe, von den Juden Freiheitskämpfer genannt. Er war gefürchtet für seine brutale Methode, Geld zu sammeln, um seinen Aufstand gegen die römische Besetzung zu finanzieren. Männer, die nicht bezahlten, verschwanden spurlos –

nicht alle Leichen wurden gefunden –, Frauen wurden vergewaltigt und Kinder entführt. Als der Führer der Sikarierterroristen von den Römern endlich gefasst worden war, war ein Aufatmen durch die Stadt gegangen.

Pilatus hob die Hand. «Ihr habt den von uns Römern akzeptierten Brauch, in eurer heiligen Passahzeit die Freilassung eines Gefangenen zu fordern.» Pilatus lächelte; kein vernünftiger Mensch würde die Freilassung dieses gefürchteten Geldeintreibers, Terroristen und Mörders verlangen.

«Männer und Frauen aus Jerusalem, Judäa und Pilgerinnen und Pilger aus fernen Provinzen, die ihr hier versammelt seid», rief der Prokurator in die Menge, «wen soll ich in die Freiheit entlassen, damit er mit euch die Freiheit aus der ägyptischen Sklaverei feiern kann, den Wohltäter und Friedefürsten Jeschua, den ihr Messias, König der Juden nennt, oder Barabbas, den Sikarier? Drückt euren Wunsch durch Rufen aus.»

Die Leute starrten Pilatus fassungslos an. Wie konnte es der Statthalter wagen, ihnen die Wahl zu überlassen, dem von Juden und Römern gleicherweise gefürchteten Mörder oder dem angeblich menschenfreundlichen, jedoch klar gotteslästerlichen Jeschua Leben und Freiheit zu schenken? Aber die Begnadigung eines Verbrechers am Passahfest war nun einmal ein von den Römern akzeptierter Brauch. Die Anhänger des Heilers atmeten auf. Claudia warf Pilatus einen bewundernden Blick zu. Ihr Pontius war ein kluger Mann, ein geschickter Diplomat.

Aber auch der Hohepriester und Barabbas waren geschickte Machtspieler.

Barabbas trat einen Schritt vor. Halbnackt stand er da, mit starken Muskeln – eigentlich ein schöner Mann. Ein Mörder, ja, aber mordete er nicht für die Befreiung des Volkes? War nicht er der eigentliche König der Juden? Er und nicht der Gotteslästerer würde es mit den Römern aufnehmen. Der Gotteslästerer war ein Römerfreund. Er würde nie etwas gegen Rom unternehmen, die

Unterdrückung würde weitergehen. Barabbas hatte nicht gelästert, hatte sich nicht Gott gleich gemacht, nie die Tempelbräuche gestört. Er hatte den richtigen Glauben. Gott stand auf seiner Seite, nicht auf der Seite des Römerfreundes.

Demütig warf sich Barabbas vor dem Hohepriester zu Boden. Dieser legte segnend die Hände auf den Freiheitskämpfer. Mit eleganter Bewegung liess der Segnende dabei seine nackte Brust sichtbar werden. Er wusste, dass das zerrissene Kleid seine Wirkung auf das fromme Volk nicht verfehlen würde.

Pilatus musste eingreifen. Er durfte den Mörder nicht länger vor Kajaphas knien lassen. Der segnende Hohepriester mit herabhängenden Kleiderfetzen und zur Schau gestellter Brust war ein zu starkes Symbol. Das Volk sollte entscheiden, solange die Furcht vor dem Mörder noch vorherrschte. Der Segen des Hohepriesters drohte den Mörder zu einem Heiligen zu machen.

«Wen soll ich freilassen?», rief der Prokurator in die Menge.

«Jeschua», kam schluchzend eine Frau der Aufforderung des Prokurators augenblicklich nach.

«Seine Mutter», tuschelten die Menschen, «oh Gott, wie muss das für sie sein?»

«Jeschua», schrie sie, «Jeschua!»

«Barabbas, den Helden», rief schneidend eine andere Stimme.

«Die Mutter des Terroristen», flüsterten die Frauen.

«Er ist kein Terrorist, er ist ein Freiheitskämpfer», wiesen die Männer die Frauen zurecht.

Zwei Mütter bangten um ihre Söhne. Eine beklemmende Stille trat ein. Alle blickten gespannt auf den Hohepriester. Dieser räusperte sich. «Barabbas hat Blut vergossen. Aus den Schriften wissen wir, dass Gott selber Blut vergiessen kann. Als unsere Väter in der ägyptischen Sklaverei schmachteten, haben die Engel Gottes das Blut der Erstgeborenen der Ägypter vergossen. Gott fordert heute Blut. Barabbas glaubt an den Gott Israels. Doch der da», er trat auf Jeschua zu und spuckte ihn an, «der da hat sich Gott gleich gemacht und unseren Glauben getötet. Ich, der Hohepriester des allmächtigen Gottes fordere euch im Namen des Allmächtigen auf: Ruft Barabbas!»

«Jeschua», rief wieder die Mutter des Heilers.

«Jeschua, Jeschua», folgte ihr eine ganze Gruppe von Menschen mit samaritanischem Sprachklang.

«Jeschua», galiläerte es aus einer anderen Gruppe.

«Ihre hässliche Sprache verrät ihre Herkunft», höhnten die Judäer. «Das sind irrgläubige Samaritaner und Galiläer mit syrisch-heidnischem Einfluss. Klar, dass diese den galiläischen Heiler frei haben wollen. – Barabbas!»

«Ich war gelähmt und kann gehen», protestierte ein Mann, diesmal in bestem Judäisch. «Jeschua! Jeschua!»

«Huuuhhh», tönte es aus der Menge, «wie kann ein Judäer sich für den Irrlehrer einsetzen?»

«Ich war blind und kann sehen!», liess sich eine weitere Stimme hören, erneut mit judäischer Färbung, «Er ist ein Gottesmann. – Jeschua! Jeschua!»

«Nein, er ist ein Gotteslästerer. Barabbas! Barabbas! Barabbas!!»

«Jeschua», rief eine Frau trotz abwehrender Handzeichen ihres Mannes. «Halt den Mund, Frau», zischte er, «schliesslich haben uns die Knechte des Hohepriesters Geld gegeben, damit wir Barabbas rufen! – Barabbas! Barabbas!»

«Jeschua, Jeschua!» Ein Chor von Bettlern, Verkrüppelten, Huren, Zöllnern und jüdischen Abweichlern vereinigte sich in dem Ruf: «Jeschua! Jeschua! Jeschua!» Sie alle stammten aus Judäa. «Jeschua! Jeschua!»

Claudia und Pilatus lächelten sich an.

Der Hohepriester blieb unbeeindruckt. Er warf dem Statthalter und den Soldaten kurz einen höhnischen Blick zu. Dann aber wandte er sich in Richtung der Volksmenge. Er nahm die Haltung priesterlich-göttlicher Hoheit an, holte tief Atem und rief mit einer Stimme, welche den Abweichlerchor übertönte, majestätisch gewaltig den Namen «Barabbas». Als Zeichen göttlichen Gerichts hob er das zerrissene Oberkleid in die Höhe und wiederholte gebieterisch und mit Donnerstimme: «Barabbas!»

Vor den erhobenen priesterlichen Armen sahen sich gläubige Frauen und Männern unwillkürlich in das Sinai-Offenbarungsdrama versetzt, als Moses vom Gottesberg herabsteigend mit erhobenen Armen dem Volk die zwei steinernen Tafeln zeigte, in welche der allmächtige Gott die zehn Gebote gezeichnet hatte. Der Heiler mochte vielen geholfen haben, doch er war ein falscher Prophet, ein Teufel in Lichtgestalt.

Auf einmal sah es für Jeschua, aber auch für Pilatus und die Römer bedrohlich aus. Religiöse Fanatiker, doch selbst biedere, fromme, brave Menschen hoben drohend ihre Fäuste und drängten «Barabbas!» brüllend vorwärts. Die Soldaten rasselten warnend mit den Waffen. Die Menge wich zurück, brüllte jedoch unentwegt weiter. «Barabbas! Barabbas! Barabbas! Barabbas! Barabbas! Barabbas! Barabbas!»

Die Jeschuarufe verloren sich in einem gewaltigen Barabbas-Orkan.

«Barabbas! Barabbas! Barabbas! Barabbas frei! Barabbas frei!»

In den Augen des Vertreters des mächtigen Roms las Claudia Angst. Sie ergriff seine Hand und drückte sie an ihre Brust. «Denk an meinen Traum», flüsterte sie. Pilatus seufzte. Er löste sich von Claudia und hob die Hand. Er zeigte auf Barabbas und nickte den Wächtern zu. Diese verstanden. Sie lösten Barabbas von den Ketten. Der Schrecken Jerusalems streckte und reckte sich. Er massierte sich die von den Fesseln schmerzenden Stellen. Er zeigte seine muskulösen Beine und liess stolz seine Armmuskeln zu einem ansehnlichen Paket anschwellen. Er spuckte den Heiler an. Dann sprang er mit frei erhobenen Armen mitten in die jubelnde Menge. «Es gibt noch Hohepriester nach dem Herzen Gottes. – Kajaphas! Kajaphas! Kajaphas! Lang lebe Kajaphas.»

Der Hohepriester verbeugte sich. In gespielter Demut wies er nach oben.

«Gross ist Gott», raste der Mob, «gross ist Gott!»

Kajaphas streckte einen einzelnen Finger in die Höhe, er rieb in religiöser Inbrunst an diesem Finger, dem einen Finger – einer! Das Volk verstand das Symbol mit dem einen Finger.

«Unser Gott ist einer! Unser Gott ist einer! Und Kajaphas ist sein Hohepriester!», brauste es Pilatus, Claudia und den römischen Soldaten entgegen. «Unser Gott ist einer! Und Kajaphas ist sein Hohepriester!»

«Diese dummen Monotheisten und Hohepriester-Arschkriecher!» Pilatus war empört, entsetzt und zutiefst ratlos.

Trommelwirbel und Posaunenklänge stellten die Ruhe wieder her.

«Und was mache ich mit dem König aus einer anderen Welt?», fragte Pilatus.

«Kreuzigen! Kreuzigen! Kreuzigen!» Die Menge war nicht zu halten. «Kreuzigen! Kreuzigen!»

Kreuzigen? Wussten diese wahnsinnig Gewordenen überhaupt, was sie da forderten? Der Prokurator hatte erbarmungslos hunderte von Juden kreuzigen lassen. Es waren nie viele Schaulustige zu den Kreuzigungen gekommen. Diese Todesstrafe war zu entsetzlich, als dass Juden dem grauenvollen Schauspiel zusehen wollten. Selbst die Kreuzigung von Mördern wollten sie nicht sehen. Kreuzigung war eine unjüdische Todesart; die jüdische Hinrichtung war die Steinigung. Nach ihrem absurden Glauben waren Juden, die gekreuzigt wurden, vom ewigen Heil ausgeschlossen. Sie hatten eine heilige Scheu, dabei zu sein, wenn Volksangehörige von Gott verstossen wurden. Ein seltsamer Gott – nein, danke. Dann doch noch lieber die römisch-griechischen, immerhin sehr menschlichen Göttinnen und Götter mit ihren olympischen Streitereien und Eifersuchtsszenen als dieser jüdische Monotheistenwahn!

«Letzter Rettungsversuch», flüsterte Pilatus Claudia zu, doch zugleich zuckte er resigniert mit den Schultern. «Ich will ihnen einen Vorgeschmack einer Kreuzigung bieten. Das wird ihnen vielleicht die Augen öffnen. Tut mir leid, Geliebte, es muss sein. Ich hasse das. Ich...» Die Stimme versagte ihm. Sein Mund fühlte sich trocken an. Ein aufmerksamer Legionär reichte ihm eine Trinkschale mit Wein. «Danke, Quintus.» Er nahm einen Schluck. Er fasste sich; die Stimme kehrte zurück. Gebieterisch blickte er in die tobende Menge.

Claudia wusste, was kommen würde, sie raufte sich entsetzt die Haare. «*Mi Amor*, mein Traum.»

Einmal mehr stellten Posaunen und Trommeln die Ruhe wieder her.

«Ich will euch erklären, was eine Kreuzigung ist», sprach der Prokurator zur Menge. «Die Kreuzigung ist die furchtbarste Hinrichtungsart. Der Verurteilte wird auf ein Kreuz genagelt. Nägel dringen durch seine Hände und Füsse an Stellen, die ihn nicht in kurzer Zeit verbluten lassen. Er soll möglichst lange leiden müssen.»

Pontius blickte Kraft suchend in die Richtung seiner Gattin. Wie viele Liebende hatten auch sie ihre eigene wortlose Sprache. Claudia, verzweifelt und doch hoffnungsvoll, strich mit ihren Händen über das Oberteil ihres Kleides, unter dem sich zwei schöne Brüste wölbten, dann fuhr sie sich über das Kinn, als ob sie einen nicht vorhandenen Bart glattstreichen müsse. Das Betonen der Brüste bedeutete Weiblichkeit, das Glattstreichen des nicht vorhandenen Barts männliche Weisheit.

Pilatus verstand. Frauen hörten dem stattlichen Mann besonders gern zu. Wenn er jetzt noch jemanden zu überzeugen vermochte, dann waren es nach Claudias Überzeugung die weichherzigen Frauen und durch sie vielleicht die grimmig blickenden Männer. Auf seine Seite ziehen sollte er nach Claudia auch weise alte Männer.

Pilatus brauchte sich nicht einmal besonders zu bemühen, in seiner Stimme ein gewisses Zittern mitklingen zu lassen, gerade genug, um die zarte Seite der Frauen zum Schwingen zu bringen, doch gleichzeitig auch stählern hart, um bei den Männern nicht Verachtung auszulösen. Sich ganz in die Frauen versenkend erklärte er: «Das Kreuz wird aufgerichtet. Der Gekreuzigte hängt in der prallen Sonne. Das Gewicht seines Körpers presst seine Lungen zusammen. Um nicht zu ersticken, bäumt er sich auf seinen Beinen auf und holt Atem.»

Der Prokurator wandte den Frauen sein in gespieltem Schmerz zusammengezogenes Gesicht zu. Sie sollten die Erstickungsnot eines Gekreuzigten mitempfinden. Gekonnt liess er seinen Atem wie in Erstickungsnot rasseln. Mit gepresster Stimme fuhr er weiter: «Sich aufbäumen löst einen derartigen Schmerz in den Füssen aus, dass der Gekreuzigte sich fallen lassen muss, wodurch wieder der Erstickungsprozess einsetzt, den er abwehrt durch erneutes Aufrichten auf den Füssen. Ersticken, aufbäumen, ersticken, aufbäumen, Sonnenglut, Blutverlust, ersticken, aufbäumen, stundenlang, manchmal tagelang.»

Die Stimme des Prokurators wurde schneidend wie Stahl. Er liess die Frauen nicht aus den Augen, fixierte aber gleichzeitig auch ein paar gütig aussehende alte bärtige Männer. «Ich will euch den Vorgeschmack einer Kreuzigung zeigen.»

Römische Soldaten germanischer Herkunft, blond, blaue Augen, gross wie Riesen, stark wie Bären überreichten dem Prokurator einen Gegenstand, einen mit Lederriemen umwickelten Stab. Langsam löste der Statthalter die Riemen, drei an der Zahl, an deren Ende es eisern glitzerte. «Das ist eine Peitsche.» Pilatus drehte sie in der Hand bedächtig hin und her, sodass alle sie sehen konnten. «Was da glitzert, sind Eisenhaken, die ins Fleisch dringen. Und das hier ist eine Dornenkrone. Möchte jemand spüren, wie es ist, wenn man sie auf den Kopf setzt?», lud er gespielt liebevoll ein. «Freiwillige vor!»

Er verliess den Richterstuhl. Würdig schritt er die Treppe hinunter, die Dornenkrone in der Hand trat er auf einen Alten mit eindrücklichem langem weissem Bart zu. Er machte eine Bewegung, als ob er dem Bärtigen die Dornenkrone aufsetzen wolle. Dieser versuchte zurückzuweichen, was ihm in der Volksmenge nicht gelang. Mit Augen, die Gehorsam forderten, packte Pilatus sein würdiges Gegenüber an der Hand, die Finger des Alten leicht über die Dornen führend.

Gerne hätte er das mit einer Frau getan, doch das hätte Empörung ausgelöst. In Judäa durfte eine Frau nicht von einem fremden Mann berührt werden.

Claudia hatte recht: Frauen und weise alte Männer gewinnen war die einzige Möglichkeit, die Wahnsinnigen zur Vernunft zu bringen. Er schritt zu seinem Richterstuhl zurück, bewusst langsam, um mit majestätischen Bewegungen seinem Tun Gewicht zu verleihen.

«Und jetzt der Vorgeschmack der Kreuzigung», kündigte er an, der Stimme noch einmal die richtige Mischung aus Zittern und Stahl verleihend.

Er gab Peitsche und Dornenkrone zurück an die Germanen. Es wurde totenstill. Eindringlich liess der Prokurator den Blick von Frau zu Frau wandern. Dann befahl er scharf: «Ausführen!» Die blonden Riesen packten den Heiler. Sie rissen ihm die Kleider vom Leib.

«Er ist ganz nackt», rief ein Kind.

Der Prokurator schaute den Nackten an, der Nackte schaute den Prokurator an. Pilatus sah in den Augen zweierlei: Angst und Bereitschaft. Keine Spur von Hass. Seine Lippen bewegten sich in stummem Gebet. «*Aikana d'bashmaya*», vermochte der Prokurator von den Lippen abzulesen, «dein Wille geschehe.» Es zerriss ihm das Herz. Dieser verrückte Selbstmörder! Warum? Warum? Warum?

Die Riesen drückten dem Wehrlosen die Dornenkrone auf das Haupt. Sie verbeugten sich vor ihm und riefen: «Heil dir, König der Juden.» Sie legten ihn über einen Steinblock.

«Musik», ordnete der Prokurator an.

Die Bläser stiessen in die Posaunen. Die Tympanumspieler liessen die Pauken donnern. Auf den Tympanumwirbel folgte der erste Schlag. Ein gellender Schrei. Blut spritzte.

«Aufhören!», schrien viele Frauen.

Pilatus hob die Hand. Die Germanen hielten inne.

«Weiterfahren, gebt's diesem Gotteslästerer!», grölten die Männer.

Pilatus blickte sie an. Wollten sie das wirklich?

«Weiterfahren!», brüllten sie unbeirrt.

Pilatus senkte die Hand. Wieder setzte die Musik ein. Posaunenschall, Tympanumwirbel, zweiter Schlag, der Schrei, das Blut. Kinder weinten.

«Herr, greif ein», stöhnte eine Frau.

«Recht so! Weiter! Weiter!» brüllten die Männer. «Weiter! Weiter!»

Das Gebrüll hörte sich in den Ohren des Statthalters an wie «Aureli! Aureli!» Es war das Blut von Angelos, das spritzte. Er vernahm die Stimme des Engels: «Mein kleiner Freund, bleib der gute Mensch, der du bist.» Und wieder die Schläge der Germanen. Und wieder der Schlag des Pater Familias.

Pilatus' Hand schoss abwehrend empor; beinahe hätte der kleine Junge in ihm vor Entsetzen laut aufgeschrien, doch er riss sich zusammen. Er war ja der Statthalter von Judäa. Er war nicht der gute Mensch, den Angelos aus ihm hatte machen wollen, er war das Ebenbild des Pater Familias. Er gab mit der Hand das Zeichen für weitere Peitschenhiebe.

Zum dritten Mal erklang die Musik. Posaunenschall, Tympanumwirbel, Schlag, Blut. Frauen übergaben sich, andere brachen ohnmächtig zusammen, Kinder krochen unter die Gewänder ihrer Mütter. Die blonden Riesen keuchten vor Anstrengung. Posaunenschall, Trommelwirbel. Pontius sah, wie der Pater Familias Anlauf nahm. Schlag! Blut! Angelos! Jeschua! Claudia floh weinend in die Zitadelle.

Jeschua war verstummt, zum Schreien hatte er keine Kraft mehr. Pilatus gebot Einhalt. Die Bläser liessen die Posaunen sinken. Die germanischen Riesen richteten den Heiler auf. Der Prokurator zeigte auf den Dornengekrönten, der von Blut übergossen wie mit einem Purpurmantel bekleidet von den Soldaten gehalten wurde.

«Jüdische Menschen», sprach Pilatus, «*Ecce Homo*, das hier ist ein Mensch – nicht irgendein Mensch, nicht ein Mensch wie ihr, nicht ein Mensch wie ich. Vor euch steht *der* Mensch. Ihr habt soeben den Vorgeschmack einer Kreuzigung erlebt. Ihr alle habt doch ein Herz. Was soll ich mit dem Menschen tun?»

Das blutige Schauspiel, die Worte und die Körperhaltung des Prokurators hatten ihre Wirkung nicht verfehlt. Die Menge blieb stumm. Doch da erhob sich der Hohepriester, allen sein symbolhaft zerrissenes Obergewand zeigend: «Statthalter, wenn du den Verräter, der sich als König der Juden aufgespielt hat, nicht kreuzigen lässt, bist du des Kaisers Freund nicht mehr, dafür werden wir sorgen! Es gibt nur eine einzige Antwort.» Laut rief er: «Kreuzigen!» Und noch lauter: «Kreuzigen! Kreuzigen!»

Die Männer griffen seinen Ruf auf. «Kreuzigen! Kreuzigen!», tobten sie in ihrem Blutrausch. «Kreuzigen! Kreuzigen!»

Zögernd folgten einige Frauen, zuerst verschämt leise, dann immer lauter.

«Männer und Frauen, ihr habt doch ein Herz.» Jetzt flehte der Statthalter.

Ungläubig schauten die Frauen den mächtigen Römer an. Würde dieser gar in Tränen ausbrechen? Der Hohepriester und die Männer grinsten.

«Kreuzigen! Kreuuuziiiiigen! Kreuuuziiigen! Kreuuuziiigen!»

«Ihr Menschen...»

«Kreuzigen! Kreuzigen!»

Selbst einige Kinder riefen: «Kreuzigen!»

«Hört zu...»

«Kreuzigen! Kreuzigen!»

«Ich verspreche euch...»

«Kreuuuziiiigen! Kreuuuziiigen!»

Pilatus blickte auf das blutige Menschenbündel vor ihm mit seinem zerfetzten Rücken. Wieder kreuzten sich zwei Augenpaare. Diese Augen – es traf ihn mitten ins Herz –, die Augen des Heilers blickten ihn voll Liebe an. Es war unerträglich.

«Man bringe mir ein Gefäss mit Wasser.»

Ein jüdischer Sklave brachte das Geforderte.

«Männer und Frauen aus Juda», sprach er und verlieh seiner Stimme einen festen Klang, «Männer und Frauen aus Juda, euch geschehe nach eurem Willen, aber ich wasche meine Hände in Unschuld.»

«In Unschuld – Unschuld – Unschuld – schuldschuld, schuldschuld», echote der Berg, «Schuld!»

Die Schale mit dem Wasser war ein silberner Bergsee, am Himmel der grimmig-silberne Mond und im Wasser das Spiegelbild des wütenden Mondes.

Der silberne See lag inmitten eines Staudenteppichs voller Heidelbeeren. «*Myrtilli Montani*», murmelte der Statthalter von Helvetien. – *Kreuzigen*! – Seit seiner abrupten Magenentleerung waren Stunden vergangen. – *Kreuzigen*! – Auch ein verzweifelter Mensch muss essen. – *Kreuzigen*! – Pontius kniete nieder und fuhr mit allen zehn Fingern durch die Beerenfülle. – *Kreuzigen*! – Mund und Magen nahmen die schwarz-blaue Herrlichkeit begierig entgegen. – *Kreuzigen*! – Ein kalter scharfer Wind begann zu pfeifen. Und er pfiff immer dasselbe Wort: *Kreuzigen*! Das Rumpeln der herabstürzenden Felsen rief ihm in Erinnerung, dass die grimmige Silbernacht die Nacht des Zorns war. – *Kreuzigen*!

«Die Stunde der Abrechnung ist endlich gekommen», sagte er fast froh, als er sich erhob und weiter aufwärts eilte, der rächenden Taufe entgegen. – *Kreuzigen*! – Der Mond verstärkte das peinigende Silberglänzen, obwohl im Osten der Himmel sich zum Tagesanbruch bereits wütend rot färbte. – *Kreuzigen*! – Pontius erklomm einen Felsen. Unter ihm der Bergsee, sein Taufsee. Unter seinen Blicken begann das Taufwasser zu kochen und zu schäumen, der Gerichtsberg zerriss krachend sein Felsgewand, der Himmel spuckte Blitze, in tausendfachem Echo des Donners brüllte die zornbebende Natur das Tauflied:

Dies irae, dies illa,	Tag des Zorns, Tag der Sünden,
Solvet saeculum in favilla.	das Weltall selbst wird sich entzünden.
Quantus tremor est futurus.	Welch ein Graus wird sein und Zagen.
Quando judex est venturus	Wenn der Richter kommt mit Fragen,
Cuncta stricte discussurus!	Streng zu prüfen alle Klagen.

Pontius hörte sich den Hass und die Wut der tobenden Natur mit Erleichterung an. Endlich traf ihn nicht mehr der liebende Blick des blutüberströmten Nazoräers, sondern dessen wohlverdienter Hass. Taufe war das Ausgelöscht-Werden des alten Lebens. Niemand würde hier nach seinem Namen suchen können, ewiger Hass würde den Berg unbesteigbar machen. Hier würde der Eingang zur Hölle sein.

Aurelius Pontius Pilatus sprang.

Das Wasser schlug über ihm zusammen. Der Berg war getauft – auf den Namen Pilatus.

Kapitel 11
Die richtige Antwort

Pontius erwachte, weil ihn etwas an der Nase kitzelte. Er schlug die Augen auf – und musste laut lachen. Ein grosser dicker Fisch stupste ihn freundlich an der Nase. Ach ja, er war ja in den Bergsee gesprungen. Er griff nach dem Dicken, der sich, die Schuppen reibend, vertrauensvoll in seine Hand schmiegte. So hatte er sich den Tod nicht vorgestellt. Diese Farbenpracht von blumenartigen Lebewesen, Schwärme von bunten Fischen. Die Unterwasserlandschaft erinnerte ihn an einen Tauchaufenthalt im Roten Meer. Ein schiffgrosses gemütliches Ungetüm schwamm an ihm vorüber. So etwas hatte doch gar nicht Platz in dem kleinen See? Eine riesengrosse Wasserschildkröte paddelte freundlich auf ihn zu. «*Ubi terrarum sum?*», wunderte er sich, «Wo in aller Welt bin ich?» Er hatte unter Wasser laut gesprochen. Wieso konnte er das: unter Wasser sprechen und erst noch tot sein? «*Ubi terrarum sum?*», wiederholte er staunend, und noch einmal ganz laut: «Wo in aller Welt bin ich?»

«Du hast Raum und Zeit verlassen; du bist im Gott-Alles-in-Allem», antwortete eine Stimme.

Er fuhr herum. Wer hatte da unter Wasser geantwortet?

Eine lichtvolle Gestalt lächelte ihn freundlich an. War das ein Geist? Ein Mensch? Ein Engel? Ein Gerichtsengel?

«Aurelius Pontius Pilatus, wenn ich mich nicht irre.»

Die leuchtende Gestalt kannte seinen Namen.

«Willkommen, berühmter Selbstmörder.»

Der Unbekannte wusste, dass er sich das Leben genommen hatte.

«Leuchtender, wer bist du, Geist oder Mensch?»

«Mein Name ist Jehuda, ich bin der andere berühmte Selbstmörder.»

Der andere berühmte Selbstmörder? Der Leuchtende war also ein Mensch, ein berühmter Selbstmörder. Berühmt. Sollte er ihn kennen? In seinem Gedächtnis begann es zu arbeiten. Der andere berühmte Selbstmörder – ein enger Anhänger des Heilers, ein Verräter, bei Nacht und Nebel, der Hohepriester, dreissig Silberlinge, eine Leiche an einem Baum hängend, abgestürzt, geplatzter Bauch, herausquellende Därme...

Die lichtvolle Gestalt nickte. Sie schien seine Gedanken lesen zu können.

«Richtig, ich bin Jehuda, der Selbstmörder mit den dreissig Silberlingen, genau der bin ich.»

Der Mann, der den Heiler an den *Sanhedrin* verraten, und der Mann, der den Heiler hatte hinrichten lassen, begegneten sich.

Diese Begegnung müsste eigentlich qualvoll sein, wunderte sich Pilatus. Das war sie aber nicht. Im Gegenteil, sie machte Freude. Sehr seltsam.

«Sind wir – aber wie könnte das so wonnevoll sein? –, sind wir in der Hölle?»

«Siehst du irgendwo Höllenflammen?», fragte Jehuda lachend. «Ich habe dir ja gesagt, dass unser Zustand Gott-Alles-in-Allem ist. Wir sind Heilige. Du bist ein Heiliger in der koptischen Kirche, deine Frau Claudia eine Heilige in der orthodoxen Kirche.»

«Koptische Kirche, orthodoxe Kirche? Was ist das?»

«Alles zu seiner Zeit, das wirst du früh genug erfahren, Sankt Pontius Pilatus.»

«Darf ich wenigstens erfahren, warum ich ein Heiliger bin?»

«Ein Heiliger bist du, weil dir gemäss dem Willen Gottes eine sehr wichtige Rolle bestimmt war.»

Pontius nickte. «Verstehe.» Aber eigentlich verstand er gar nichts. Oder doch? Warum hatte er genickt?

Sie standen in einer Moorlandschaft, die übersät war mit wunderschönen Blumen. Vor ihnen erhob sich der mächtige Berg. Den Berg kannte er. Allerdings sah er nicht mehr bedrohlich aus, doch es war ganz eindeutig sein Berg, der Pilatus. Doch der Bergsee, in den er sich gestürzt hatte und in welchem ihm Jehuda begegnet war, wo war dieser See hingekommen? Und wo, wie und warum standen sie in einer Moorlandschaft mit schönen Blumen?

«Hier war doch eben erst noch ein See, mein Taufsee», staunte Pontius.

Wiederum stupste ihn der dicke freundliche Fisch.

«Hier ist nach wie vor ein See», erklärte Jehuda, «und doch gleichzeitig wieder auch nicht. Die Männer von *Lucerna* haben den See abgesenkt und zu dieser Moorlandschaft werden lassen aus Angst vor den dramatischen Überschwemmungen, die ein verzweifelter Pilatus immer wieder ausgelöst hat, Schlamm und Geröll ins Tal wälzend.»

«Die Fischer vom Krakensee. Wie konnten sie den See absenken, in den ich mich soeben gestürzt habe?»

«Das Soeben, lieber Pilatus, war vor zweitausend Jahren – in Raum und Zeit.»

«Vor zweitausend Jahren?» Pilatus verschlug es die Sprache. Vor zweitausend Jahren? Raum und Zeit? Was wusste er von Raum und Zeit? Was hatten die griechischen Philosophen darüber gelehrt, das ihm jetzt helfen könnte? Konnte er mit Hilfe von Pythagoras verstehen, was ihm widerfuhr? Oder mit Hilfe von Heraklit? Oder doch eher von Sokrates oder Platon? Am ehesten wohl von Aristoteles – nein, auch nicht.

Wiederum hatte Jehuda seine Gedanken verstanden. Er schmunzelte. «Mir erging es ähnlich, nachdem ich mich ins Gott-Alles-in-Allem katapultiert hatte. Natürlich nicht mit Heraklit und Aristoteles und dergleichen. Die griechischen Denker kannte ich nicht. Ich versuchte es mit Moses und den Propheten, doch das half mir ebenso wenig wie dir die Philosophen.»

«Ich komme mir vor wie ein neugeborenes Kind, dessen Vergangenheit im Mutterleib noch stärker nachwirkt als das Licht der Welt, das es zum ersten Mal erblickt», gestand Pilatus.

«Ein guter Vergleich. Im Gott-Alles-in-Allem bist du gleichzeitig in dem, was die Menschen in Zeit und Raum Vergangenheit und Zukunft nennen, auch wenn sie die Zukunft noch gar nicht kennen. Das ist völlig anders als das, an das man zuvor gewöhnt war, da ist man zunächst tatsächlich wie ein Säugling in der Wiege. Für den Säugling ist die kleine Wiege eine neue wunderbare Welt.»

«Willst du damit sagen, dass all das ganz andere, das ich erlebe, nur die Wiege ist und dass da noch mehr kommt?»

«Sehr viel mehr. Freu dich! Du wirst staunen.»

«Allein würde ich das nicht geschafft haben. Ich wäre in all dem Neuen völlig verloren. Ich bin dankbar, dass du mich in Empfang genommen hast.»

«Es ist uns ein Anliegen, es den Neuen so angenehm wie möglich zu machen. Ich bin auch eingeführt worden. Mich hat Saul in Empfang genommen.»

«Saul? Was für ein Saul?»

«König Saul.»

«König Saul? Lass mich nachdenken. Saul ist doch...»

Wiederum verstand Jehuda jedes Wort, das Pilatus dachte. «Richtig, Saul ist der von Gott verworfene König, den du aus den Berichten von Benjamin kennst. Saul war nicht gerade seine liebste historische Persönlichkeit.»

«In der Tat, Benjamin war eher von Sauls Nachfolger fasziniert», lachte Pilatus, «David und Jonathan – Männerliebe. Saul hat

David nach dem Leben getrachtet, doch Sauls Sohn hat David innig geliebt. Diese Geschichte hat mir Benjamin mit Begeisterung erzählt. Er hat mir Liebesgedichte vorgelesen, welche David für seinen Geliebten geschrieben hatte. Ich weiss noch jetzt einige Sätze auswendig: Jonathan, Jonathan, wie bist du mir so hold; deine Liebe ist mir süsser als Frauenliebe… War Saul nicht auch ein Selbstmörder?»

«Ja, das war er. Deshalb hat er mich auch in Empfang nehmen dürfen. Es erleichtert den Einstieg ins Gott-Alles-in-Allem, wenn einen ein Vollendeter mit ähnlichem Schicksal begrüsst.»

Einmal mehr verstand er die Gedanken, die Pilatus in seinem Herzen bewegte. «Richtig, das wird eine deiner Aufgaben sein.»

«Selbstmörder in Empfang nehmen?»

«Auch.»

«Was heisst *auch*?»

«Du bist ja nicht nur ein berühmter Selbstmörder. Du gehörtest zu den Mächtigen in der Welt von Raum und Zeit; du warst ein Mächtiger, der seine Macht missbraucht hat. Das ist eine sehr grosse Gruppe von Menschen. Und wenn diese Raum und Zeit verlassen, geraten sie zunächst einmal in eine Gegend, die sie sich selber geschaffen haben, und das ist eine furchtbare Gegend, eine baumlose, felsige Wüste.»

«Du meinst, das göttliche Gericht? Die Hölle?»

«Wenn du willst, kannst du es so nennen, aber eigentlich wird nicht Gott sie richten, sondern der Mensch, der sie hätten sein können.»

«Und wie ist das mit…?»

«Ich weiss, an wen du denkst. Dein Pater Familias hat sich eine öde Welt geschaffen, in der er sich jetzt befindet. Du wirst ihm und anderen solchen helfen; du bist ja einer von ihnen.»

«Und warum bin ich nicht in einer furchtbaren Gegend?»

«Das warst du doch lange genug, Pilatus, ein ganzes Leben lang.»

«Ja, das war ich; das war ich tatsächlich.»

Am Pilatusberg ratterte es. Pontius staunte. «Was ist das denn für eine riesengrosse rote Raupe, die zu meinem Berg hinaufkriecht, und erst noch ziemlich schnell?»

«Das ist die Pilatusbahn, die steilste Zahnradbahn der Welt.»

«Und die fröhlichen Menschen in ihrem Bauch hat sie nicht gefressen? Das sind Fahrgäste aus einer Zukunftszeit, in der ich nie gelebt habe? So wie früher Kutschen und Sänften Fahrgäste aufnahmen, so verkehren jetzt grosse Raupen?»

«Pontius, du bist genial, du lernst sehr schnell.»

«Und dort weit unten, das ist doch der von mir geplante und angefangene Turm? Jetzt ist er aber fertiggestellt. Und die schöne Stadt rings um den Turm – sie war, ist und bleibt die Fischersiedlung? Aber ich sehe auch etwas ganz anderes, etwas, das weder schöne Stadt noch Fischersiedlung ist. Ich sehe Urwald und Eis, *Lucerna* in der Eiszeit. Ich sehe die verschiedenen Zeiten, Vergangenheiten, Gegenwart und Zukunft, als eines, ich sehe alles in allem.»

«Genauso ist es, Pontius. Und wie du feststellen kannst, liegt der Berg Pilatus jetzt unter dir. Du siehst über die ganze Alpenwelt bis ans Meer.»

«Ich sehe nicht nur bis an das *Mare Nostrum*, an das römische Meer; ich sehe Meere und Länder, von denen ich nicht gewusst habe, dass es sie gibt. Ich sehe den Planeten Erde als blaue Kugel. Sind wir mitsamt dem Planeten Erde in ein grösseres Ganzes, ins Gott-Alles-in-Allem eingetreten?»

«Richtig.»

«Dann ist Gott-Alles-in-Allem das, was die Philosophen Ewigkeit nennen?»

«Du sagst es.»

«Wir sind also in einem Zeitraum ohne Anfang und Ende?»

«Falsch.»

«Falsch?»

«Ja, falsch. Es gibt hier weder Zeit noch Raum, also auch keinen Zeitraum.»

«Aber wir sind doch in einem Raum, im Weltraum. Dort unsere liebe Sonne. Dort der Mars, der Jupiter, eine ganze Strasse voller Sonnen, und Planeten. Und ich höre wunderschöne Musik. Eine tiefe warme Musik, Windkanalmusik, ein Silberglöcklein, viele laute und leise Klänge.»

«Das ist Sphärenmusik, der Gesang des Universums. Der warme, tiefe Trompetenton kommt von der Sonne, das helle Silberglöcklein ist der Mond, die Pauke hörst du vom Mars, die Venus summt wie Bienen in einem Blütenbaum, der Jupiter macht rrrumbum rrrrumbum rrrr, der zwitschernde Flötenpfiff stammt vom Pluto, vom Saturn vernimmst du das Bibebibepiep, der Neptun macht yumm yummm yumm. Am schönsten jedoch klingt die Erde. Der Wind bringt die Wälder und das Meer zum Rauschen und lässt die Felsen singen, dazu gesellen sich der Vogelgesang, das Murmeln der Bäche, das Tosen der Wasserfälle, das Zischen der Blitze und das Rollen des Donners, das Brüllen der Löwen, das Trompeten der Elefanten, das Heulen der Wölfe und das Singen und Musizieren der Menschen, ihr Weinen und Lachen. All diese Töne und Klänge aus allen Galaxien vereinigen sich zu einem Gott-Alles-in-Allem-Konzert, zum Singen Gottes. Sein Urgesang ist der Beginn des Universums, sein Singen ist das, was alles zusammenhält.»

Ergriffen lauschte Pilatus der Sphärenmusik. Vor ihm funkelte es wie Silber und Gold, wie rotleuchtender Jaspis, goldener Beryll, blau funkelnder Saphir und grüner Smaragd. Die Galaxien mit ihren Sternen und Planeten hatten sich in eine Stadt mit Häusern und Strassen, Stadtmauern, Türmen und Toren verwandelt. Inmitten der Stadt ahnte Pilatus so etwas wie einen Tempel, aber es war kein Tempel, sondern die Quelle von Licht und Strahlen, von gewaltiger Kraft, Gerechtigkeit und Liebe. Von der Quelle aller Herrlichkeit ging ein Strom aus mit Wasseradern, die sich überallhin verteilten. Dort wo das Wasser hingelangte, schoss Leben empor. Pilatus konnte sich an der Stadt und ihrem Fluss nicht sattsehen und an der Musik nicht sattlauschen. Was war das für eine Stadt? Wie sollte er sie nennen?

«Wie wär's mit himmlischem Jerusalem?», fragte eine vertraute Stimme, gefolgt von einem Lachen, das sich anhörte wie neu hervorbrechendes Leben.

Es war, als ob eine ganz besondere Sonne aufgegangen wäre. Der Gottgleiche stand vor ihm. Diese Augen! Immer wieder hatte er sie sehen müssen. Im Leben hatten ihn diese Augen gequält, denn er hatte ja Hass verdient. Und jetzt – diese Augen! Der Gottgleiche, der vor ihm stand, war...

«Jeschua!», stammelte er. «Du? – Du? – Du lebst tatsächlich!»

Ihm wurde, wie er es in Raum und Zeit nie hätte erleben können. Er schaute Jeschua an und Jeschua schaute ihn an. In Raum und Zeit war Jeschua ein äusseres Gegenüber gewesen. Im Gott-Alles-in-Allem war Jeschua in ihm und er in Jeschua, zugleich eine innere Person und eine äussere Person. Er wusste, dass er das, was er soeben erlebte, nie in menschliche Worte würde fassen können.

Pilatus versank in heiliges Schweigen. Er schwieg und schwieg; schwieg und schwieg. Wie lange? Hunderte von Jahren? Oder nur eine Sekunde? Er würde es nie sagen können, er war nicht mehr in Raum und Zeit. Es gab weder Sekunden noch Jahre, es war Ewigkeit.

Aus dem ewigen Schweigen hörte er Worte – Worte, die er nie vergessen würde. «Ich will, dass du verstehst. Schau gut hin.»

Und Pilatus schaute. Es war wie in Raum und Zeit die Aufführungen im von ihm erbauten Amphitheater in *Aventicum*. Schauspieler führten eine göttliche Tragödie auf. Oder war es eine göttliche Komödie? Im Gott-Alles-in-Allem schienen nicht nur Vergangenheit, Gegenwart und Zukunft, innen und aussen dasselbe zu sein, sondern auch Tragödie und Komödie. In der Aufführung war er sowohl Schauspieler als auch Zuschauer.

Völlig überraschend war das göttliche Theater nicht. Es hatte eine gewisse Ähnlichkeit mit den Erinnerungsbildern in Raum und Zeit, bloss ohne Angst. Die Bilder hatten einem Zustand tiefen Verstehens Platz gemacht. In Raum und Zeit hatte er nicht verstanden, nicht verstehen können; im Gott-Alles-in-Allem verstand er. Er betrachtete sein Leben sozusagen aus der Sicht Gottes, und er konnte Dinge sehen, die er damals nicht hatte sehen können, weil er gar nicht wirklich – oder doch nur teilweise – dabei gewesen war.

Er erlebte das Auferstehungsdrama, das sich nach der Kreuzigung ereignet hatte. Er sah, wie die Dunkelheit der Nacht von einem jähen Lichtstrahl zerrissen wurde. Die Erde bebte. Durch das Erdbeben wurde der Fels vor dem Grab Jeschuas weggeschleudert. Eine weisse Wolkensäule, die sich zu einer Person verdichtete, schwebte aus dem Grab. Lichtstrahlen blitzten. Oder waren es Engel? Er sah, wie seine tapferen Wachsoldaten in Panik davonrannten.

Auch in der Stadt waren die Leute durch das Erdbeben aus dem Schlaf gerissen worden und angstvoll aus den Häusern gerannt. Erstaunlicherweise waren keine Häuser eingestürzt. Mussten die aufgeschreckten Menschen mit weiteren, noch stärkeren Stössen rechnen oder hatte sich die Erde beruhigt? In wildem Durcheinander diskutierten sie, was zu tun sei. Durfte man in die Häuser zurückkehren oder war es ratsam, den Rest der Nacht draussen zu verbringen?

Mitten in die Menge erschrockener Menschen platzten die römischen Grabwächter, offensichtlich in noch grösserer Angst als die Leute auf den Gassen. Die Juden hatten nie zuvor erlebt, dass auch römische Soldaten sich fürchten konnten. Schreckensbleich berichteten sie von unheimlichen Dingen beim Grab des Gekreuzigten. Leuchtende Blitze, blitzende Schwerter von himmlischen Erscheinungen. Männer, Frauen und Kinder, die sonst den Römern aus dem Wege gingen, drängten sich um die Legionäre, aramäisch, griechisch und lateinisch durcheinanderrufend.

Eine andere Ansammlung von Menschen bildete sich um drei Frauen. In Jerusalem kannte ausserhalb der Festzeit, wenn die Stadt vollgestopft war mit Menschen von überall her, jeder jeden. Die Frauen waren als die drei Marien bekannt: Maria aus Magdala, Maria des Jakobus und Maria Salome. Die drei Marien waren wie die Wächter aus dem Grabpark in die Stadt gerannt. Sie erzählten, sie seien im Schutz der Dunkelheit zum Grab des Gekreuzigten gegangen, um den Leichnam zu salben – ein bekanntes Totenritual. Die männlichen Freunde waren aus Furcht vor einer Verhaftung nicht mitgegangen, harmlose Frauen dagegen brauchten sich vor einer Verhaftung nicht so sehr zu fürchten. Die drei Marien erzählten, wie sie sich Gedanken gemacht hätten, wer den schweren Felsen vom Grab wegrollen werde. Auf einmal habe die Erde sich bewegt und es sei ganz hell geworden. «Natürlich haben wir uns gefürchtet», stammelten die drei Marien, «doch nachdem die Erde sich beruhigt hatte, sind wir mutig weitergegangen. Und dann... und dann...» Die Augen der drei weiteten sich vor Entsetzen – oder war es vor Freude...?

«Zunächst einmal wurden wir fast von den Wächtern überrannt, die vor irgendetwas flohen», rief Maria Jakobus in die Menge. «Und dann waren wir beim Grab. Doch das Grab war offen, der riesige Felsblock weg – einfach weg. Fort aber auch der Leichnam!» Sie rang nach Atem.

«Und denkt nur, da war ein Engel, ein richtiger Engel...» Es war Maria Salome, die das schrie.

«Wie ist denn ein richtiger Engel?», unterbrachen einige Männer kopfschüttelnd. Sie gaben sich tapferer als ihnen zumute war. «Sehen sie aus wie der weisse Rauch, vor dem die Wächter Angst hatten?» Sie machten sich Mut, indem sie die Wächter und die Frauen auslachten. «Oh, diese feigen Wächter und hysterischen Frauen, die wegen eines bisschen Erdbebens und Lichts am Himmel gleich durchdrehen!»

«Jeschua ist auferstanden», sagte Maria Magdalena mit fester Stimme.

«Es wird ja immer besser», grinsten die Männer.

Auch einige Frauen tippten sich mit dem Finger an die Stirn. «Hört auf mit diesem Blödsinn.»

«Da war dieser unbekannte Gärtner...», fuhr Maria Magdalena unbeirrt fort.

«Ein unbekannter Gärtner...» Die Angst vor dem Erdbeben war verflogen. Die Umstehenden konnten sich vor Lachen kaum halten.

«Was gibt es Lustiges?», fragten neu Hinzugetretene.

«Die drei Weibsbilder haben einen unbekannten Gärtner für den auferstandenen Jeschua gehalten!»

«Ich habe keinen Gärtner gesehen; es war ein Engel», protestierte Maria Jakobus.

Maria Salome bestätigte: «Es war ein Engel, kein Gärtner.»

«Er sah aus wie ein Gärtner», beharrte Maria Magdalena, «aber es war kein Gärtner.»

«Die drei sind sich ja nicht einmal einig, was sie gesehen haben, eine ist verrückter als die andere.»

«Und dieser Gärtner, der gar kein Gärtner war», rief Maria Magdalena mit einer Stimme, die das Lachen und Höhnen übertönte, «dieser Gärtner – ich erkannte seine Stimme sofort –, er nannte mich Mirjam.» Ihre Stimme überschlug sich. Sie begann vor Erregung, Freude, aber auch vor Entsetzen zu weinen. «Er nannte mich bei meinem Kosenamen Mirjam. Nicht viele dürfen mich so nennen. Meine Eltern nannten mich so, mein verstorbener Mann und meine engsten Freundinnen, und ER hat mich auch Mirjam genannt. Mirjam Schwesterlein hat er zu mir gesagt – vor allem dann, wenn es mir gar nicht gut ging. Und als mich dieser Gärtner Mirjam nannte, sind mir die Augen aufgegangen. Es war Jeschua!»

Das Dunkel der Nacht begann zu weichen, der Tag brach an. Man konnte die Häuser, die verwinkelten Gässchen und die Menschen langsam besser erkennen. Männer und Frauen löschten ihre Öllämpchen. Ein Mann drängte sich vor. Der Mann, den man nun im Tageslicht gut sehen konnte, war kein Unbekannter. Es war der Friedhofparkgärtner.

«Da habt ihr euren Auferstandenen», riefen die Männer, «in der Dunkelheit habt ihr den Parkgärtner für den Auferstandenen gehalten. Und hört, hört», grinsten sie, «er nennt Maria Magdalena Mirjam. Seine Frau wird sich wundern.»

«Die Erscheinung, welche die drei Marien gesehen haben, war der auferstandene Jeschua», bestätigte er. «Ich bezeuge es.»

«Das ist ja Jojachim», meinte Pilatus freudig. «Ein guter Mann, ein Jude, in welchem kein Falsch ist.»

«Sieh mal einer an», meinte der Gottgleiche. «Es gibt sogar für den Statthalter von Judäa Juden ohne Falsch. Du machst Fortschritte, mein Freund.»

«Ich kannte in Raum und Zeit viele wunderbare Juden», verteidigte sich dieser. «Aber wie kann Jojachim wissen, dass du auferstanden bist?»

«Hör zu, was er sagt.»

Die göttliche Tragikomödie war spannend.

«Ich will, dass ihr wisst, dass ich in der Nacht nicht im Grabpark war», erklärte Jojachim. «Der fremde Gärtner muss also der Auferstandene gewesen sein.»

«Du warst nicht im Park?»

«Ich war nicht im Park. Ich lag zwischen meiner lieben Frau und den Kindern, als mich das Erdbeben weckte. Und da bin ich aus dem Haus gerannt und zu euch gekommen. Er ist auferstanden, ich kenne die Schriften...»

Das Lachen war den Menschen vergangen.

«Der Auferstandene hat mich Mirjam Schwesterlein genannt», wiederholte Maria Magdalena.

«Und hast du ihn berühren können?», fragte eine Frau.

«Ich wollte ihn umarmen, doch Jeschua wehrte ab und sagte: *Al thinni*!»

«Was heisst das?», fragte ein Wächter, der kein Aramäisch verstand.

«Das heisst: *Noli me tangere* – rühr' mich nicht an», übersetzte sein Freund.

«*Noli me tangere*», wiederholte dieser nachdenklich, «*noli me tangere*, zerstöre das Geheimnis nicht mit deinen menschlichen Händen, zerstöre es nicht mit deinem römischen, wissenschaftlichen Verstand.»

«Sagt er das zu mir?», fragte Pilatus verblüfft.

«Du warst bei diesem Teil des Dramas ja gar nicht dabei», erwiderte der Gottgleiche, «aber jedenfalls ist es dein Thema.»

«Das Geheimnis nicht zerstören, das könnte Claudia gesagt haben», meinte Pilatus. «Das Geheimnis nicht mit dem Verstand zerstören. Das trifft auf mich zu. Ich habe immer wieder alle Geheimnisse mit dem Verstand zerstört. Aber wie war es bei Maria Magdalena? Warum hat Maria Magdalena dich nicht berühren dürfen? Diese Frau ist kein Verstandesmensch wie ich, sie ist ein Gefühlsmensch. Ist es, weil du Jude bist und Männer und Frauen, die nicht zur Familie gehören, einander nicht berühren sollen?»

Der Gottgleiche schüttelte den Kopf. «Ich hatte nie Berührungsängste und habe mich nie an die Konventionen gehalten. Ich habe Frauen berührt und mich berühren lassen. Es gibt heilende Körperkontakte. Heilung kann von einem Körper in den andern fliessen. Nein, Maria Magdalena durfte mich aus einem anderen Grund nicht berühren. Sag du es ihm, Jehuda, du bist schon länger im Gott-Alles-in-wesAllem als Pilatus.»

«Gern. Himmel und Erde, Gott und Mensch können einander nicht berühren wie Menschen untereinander. Zwischen Jeschua und Maria Magdalena war vor der Kreuzigung ein Kontakt von Mensch zu Mensch. Nach der Auferstehung war der Kontakt mit Jeschua der Kontakt von Gott zu Mensch. – Hast du schon einmal gesehen, wie ein Blitz einen Baum zerreisst?»

Pilatus nickte. «Der Blitz kann den Baum in tausend Stücke zerreissen.»

«Hast du schon einmal erlebt, wie todbringend ein Vulkanausbruch sein kann?»

«Ich war nach dem grossen Vulkanausbruch in Pompeji und habe gesehen, was aus dieser blühenden Stadt geworden ist.»

«Blitz und Vulkan sind Gottes Energie, die Allmacht, die das Universum geschaffen hat. Wer dieser Energie zu nahe kommt, wird zerrissen, wird von ihr verbrannt. Nach seiner Auferstehung bestand Jeschua aus solcher Energie. Im Leben in Zeit und Raum kann Gott nur in anderen Menschen berührt werden, oder im

Geist, im Gebet, in Ritualen, in Musik, in Träumen, aber nicht direkt. Das musste Maria Magdalena lernen.»

«Aber da dieser Thomas...?», wandte Pilatus ein und zeigte mit dem Finger in den Zeitraum.

Der Gottgleiche ergriff wieder das Wort. «Ah, du hast schon weiter geschaut. Ja, ich mache Ausnahmen. Für Thomas war es besonders wichtig, mich berühren zu können. Doch wenn ich Menschen direkt berühre, muss ich die göttliche Energie ganz stark herunterfahren. Aber selbst bei heruntergefahrener Energie kann es einen Menschen unter Umständen zu Boden werfen oder ihn für eine gewisse Zeit erblinden lassen. Schau da...» Jeschua zeigte in den Zeitraum.

«Wer ist das?»

«Ein ähnlicher Mann wie du – du wirst ihn noch kennen lernen. Ein Mann mit scharfem Verstand wie du.»

«Mit scharfem jüdischem Verstand?»

«Mit jüdisch-römisch-griechischem Verstand, ein jüdischer Gottesgelehrter mit römischem Bürgerrecht, unter griechischen Philosophen aufgewachsen.»

«Jüdisch-römisch-griechisch, Philosophie – das hört sich furchtbar kompliziert an.

Der Gottgleiche schmunzelte. «Das ist es in der Tat, sehr, sehr kompliziert.»

Jehuda lachte: «Sowohl über ihn als auch über mich werden sich die Theologen, räumlich und zeitlich gesprochen, hunderte von Jahre die Köpfe zerbrechen.»

«Möchtest du auch dich im Auferstehungsdrama sehen, mein Sohn Pilatus?», fragte Jeschua freundlich.

«Mich?»

«Ja, dich, in der göttlichen Tragikomödie.»

«Tut das nicht weh? Ich habe in meinem Leben genug gelitten.»

«Das schmerzt nur in Raum und Zeit», versicherte ihm Jehuda. «Ich habe mich vom Gott-Alles-in-Allem aus auch betrachtet, wie ich mich am Baum aufknüpfte, runterfiel, platzte, sodass die Därme aus mir herausquollen. Das schmerzt von hier aus nicht, man versteht es ja.»

«Man versteht sogar das Schreckliche? Also gut; so will auch ich mich im göttlichen Auferstehungsdrama sehen. Ich bin bereit.»

«Das Auferstehungsdrama, in dem auch du eine Rolle spielst, beginnt auf dem Tempelberg», erklärte der Gottgleiche, «zunächst noch ohne dich, doch schon bald wird die Szene zu der Zitadelle hinüberwechseln, wo du dann dich beobachten kannst.»

«Ich bin schon ganz neugierig.» Gespannt blickte Pilatus in den Zeitraum.

Auch der Hohepriester war durch das Erdbeben aus dem Schlaf gerissen worden. Er war zutiefst von Angst erfüllt, doch nicht nur Angst um sein Leben. Seine Sorge galt dem Tempel. Er inspizierte die allfälligen Schäden am Tempel. Doch ausser einem zerrissenen Vorhang konnte er im Schein seiner Laterne keine Schäden am Tempel entdecken. «Guter Bau», meinte er erleichtert zu seinen Begleitern, «erdbebensicher. Wie ist es mit der übrigen Stadt? Hoffentlich hat das Erdbeben die Zitadelle in Schutt und Asche gelegt.»

Der Pilatus-Zuschauer im Gott-Alles-in-Allem musste lachen. «Das hätte Kajaphas gefreut, wenn das Erdbeben die römische Burg zerstört hätte», kommentierte er. Jeschua und Jehuda pflichteten ihm bei.

Ein Bote traf bei Kajaphas ein. «Keinerlei Schäden in der Stadt», meldete er.

«Das ist gute Nachricht. Der Name des Herrn sei gelobt.»

«Aber ich habe auch eine schlechte Nachricht.»

«Die Zitadelle steht noch», grinste Kajaphas.

«Schlimmer, ehrwürdiger Hohepriester, sehr viel schlimmer: Das Erdbeben hat den Stein vom Grab des Gekreuzigten weggeschleudert.»

«Der Zorn des Allmächtigen lässt dem Gotteslästerer keine Ruhe.» Der Hohepriester zuckte mit den Schultern.

«Nur...»

«Nur was?»

«Das Grab ist leer.»

«Das Grab ist was...?»

«Das Grab ist leer. Der Leichnam ist weg. Es geht das Gerücht, dass der Gekreuzigte auferstanden ist.»

Der Hohepriester stampfte mit den Füssen. «Wer behauptet solchen Unsinn?»

«Drei verrückte Anhängerinnen des Gekreuzigten, der Grabparkgärtner und die Wächter.»

«Die Wächter – römische Wächter. Da haben wir es, ein abgekartetes Spiel. Sollte es diesem Heiden von Statthalter schliesslich und endlich doch noch gelungen sein, mich zu überlisten? Die Wächter haben den Leichnam gestohlen.»

«Sie sahen nicht so aus, sie zitterten vor Angst. Sie sprachen von Engeln.»

«Ja sind denn alle wahnsinnig geworden? Dann waren es eben die Freunde des Gotteslästerers. Hat man feststellen können, wer sich zu dieser Zeit im Park herumgetrieben hat?»

«Es waren drei schwache Frauen. Und wie sollten diese drei schwachen Frauen in so kurzer Zeit den Leichnam weggeschleppt haben? Und wo sollten sie ihn versteckt haben? In einem anderen

Grab? Und das Erdbeben werden ja auch nicht die Frauen ausgelöst haben», fügte der Bote mit einem Anflug von Bosheit hinzu.

«Glaubst du jetzt etwa auch schon an diesen Unsinn?», schnaubte Kajaphas. «Wir werden den Leichnam finden, und wenn wir jeden Stein umdrehen müssten!» Der Hohepriester schäumte vor Wut.

Pilatus rieb sich vergnügt die Hände.

«Nicht doch», mahnte Jehuda.

Jeschua lächelte. «Lasst uns weiter schauen.»

Bereits bei den Erdstössen hatte Pilatus Soldaten ausgesandt, um für Sicherheit zu sorgen. Die Zuschauer sahen den Hohepriester durch die verschlungenen engen Gässchen vom Tempelberg herabstürmen und an die ohnehin weit geöffneten Tore der Zitadelle trommeln.

Die Fortsetzung kannte Pilatus; er war ja zur Genüge dabei gewesen. Als Zuschauer und Mitspieler beobachtete er sich im Gespräch mit dem rasenden Hohepriester, der ihn beschuldigte, den Diebstahl des Leichnams angeordnet zu haben.

«Schaut da», forderte Pilatus seine beiden Begleiter im Gott-Alles-in-Allem auf und zeigte auf den Statthalter von Juda. «Man sieht deutlich, dass ich mich über den Leichenraub gefreut habe. Ich habe von ganzem Herzen gehofft, dass der Leichnam nie gefunden werde.»

«Schon in Zeit und Raum hast du es nicht unterdrücken können, vor Schadenfreude die Hände zu reiben, wenn du dem Hohepriester eins auswischen konntest», kommentierte Jehuda. «Körpersprache ist eine ehrliche Sprache.»

«Doch eines hattet ihr trotzdem gemeinsam, der Hohepriester und du», meinte Jeschua lächelnd. Pilatus kratzte sich in fröhlicher Verlegenheit in den Haaren. «Ich weiss, weder er noch ich haben an deine Auferstehung geglaubt.»

«Schaut einmal diesen Heuchler an», amüsierte sich Jehuda, «der Statthalter lässt die Häuser der Anhänger des Friedenskönigs durchsuchen, obwohl er gar nicht will, dass der Leichnam gefunden wird.»

«Man nennt das Diplomatie», verteidigte sich dieser. «Doch jetzt aufgepasst, wir sind beim leeren Grab. Gleich werdet ihr Zeugen eines interessanten Gesprächs zwischen Claudia und mir.»

Im Felsengrab musste alles so bleiben, wie es war. Nichts durfte berührt werden, solange die Untersuchungen im Gang waren. Jeschua, Jehuda und Pilatus sahen den Prokurator in Begleitung Claudias vor dem leeren Grab. Ganz leer war es zwar eigentlich nicht. Die Totentücher, in die der Leichnam eingewickelt gewesen war, waren nach wie vor vorhanden und bereiteten Claudia Herzensfreude, ihrem Gatten dagegen Kopfzerbrechen. Wenn die Leichenräuber den Toten nackt abtransportiert hätten, müssten sie ihn zuerst aus den Tüchern herausgeschält haben. Das war beiden Eheleuten klar. Die Tücher lagen jedoch wie in sich zusammengesunken da, als ob der Leichnam einfach verdunstet wäre.

Claudia schaute und glaubte. «Jeschua ist auferstanden», sagte sie mit tiefster Überzeugung.

Der Zuschauer Pilatus sah sich den Kopf schütteln und hörte sich sagen: «Claudia, gehorche nicht deinen weiblichen Gefühlen, sondern dem strengen römischen Verstand. Es ist noch keiner von den Toten zurückgekommen.»

«Dein Lieblingssatz, Pilatus», stellte Jehuda fest. «Ach, ist das lustig, du mit deinem strengen römischen Verstand – als ob mit dem wissenschaftlichen Verstand alles erklärbar wäre!»

«Nicht anders als bei dir, Jehuda», kam Jeschua Pilatus zu Hilfe, «bei dir war es nicht der Verstand, sondern die Religion, dein Messiasglaube, der dich zum Verräter machte.»

«Ich weiss, ich glaubte an einen Messias, der die Römer mit Gewalt aus dem Land jagen würde. Ich wollte dich zwingen, das endlich zu tun. Wenn sie dich verhaften würden, würdest du zu deinem Schutz Legionen von Engeln herbeirufen, glaubte ich, und diese würden unter deinem Befehl die Römer aus dem Land jagen. Das war in der Tat meine felsenfeste Überzeugung. Darum habe ich dich verraten.»

«Und als Jeschua nicht seine göttliche Kraft einsetzte, um sich der Verhaftung zu entziehen und sich kreuzigen liess, warst du so verzweifelt, dass du dir das Leben nahmst?», fragte Pilatus.

Jehuda nickte. «Ja. Wir dummen Männer, römische oder jüdische, oh wenn wir doch nur besser auf die Frauen gehört hätten. Deine Frau mit ihrem grossen Herzen ist klüger als der Statthalter mit seinem strengen römischen Verstand.» Der strenge römische Verstand. Es schüttelte ihn vor Lachen.

«Es ist kostbar, unser Leben aus einer völlig anderen Sicht sehen zu dürfen», pflichtete ihm Pilatus bei. «Ich freue mich auf das, was meine wunderbare Frau gleich sagen wird.» Er warf ihr eine Kusshand in den Zeitraum zu.

«Ich gehorche dem Herzen, nicht dem Verstand», antwortete ihm Claudia im Zeitraum, «den Verstand gebrauche ich. Der Verstand ist bloss mein Werkzeug, nicht mein Gebieter. Und das solltest du, mein lieber Mann, auch so halten. Mein Herz sagt mir, dass Jeschua auferstanden ist, und mein Werkzeugverstand gibt zu, dass die einzige Erklärung, die Sinn macht, die Entmaterialisierung des Heilers ist bei anschliessender Rematerialisierung. Das ist vernünftig, auch wenn du es nicht glaubst.»

Ihr Gatte hatte zwar keine bessere Erklärung, doch war er sicher, dass er mit seinem scharfen Verstand auf die richtige Erklärung stossen würde. Er sandte die Mitglieder der *Intelligentia Secreta* aus, welche durch Gespräche mit den Anhängern des Heilers in Erfahrung bringen sollten, was mit dem Leichnam geschehen und was das Geheimnis der Totentücher war. Ihr Bericht schien jedoch eher Claudias Erkenntnis zu stützen. Die Späher hatten mit über fünfhundert Männern und Frauen gesprochen, die alle unabhängig voneinander behaupteten, dem Auferstandenen begegnet zu sein. Zu diesen über fünfhundert Zeugen gehörten auch Claudia, der Hauptmann von Kapernaum und dessen Geliebter.

Der gestohlene Leichnam war das eine, die Erscheinungen des Toten das andere. Wenn selbst die Menschen, die ihm am nächsten standen, den Heiler gesehen hatten, konnte und wollte er das nicht bestreiten, aber es musste sich um Visionen handeln, um Massenhypnose, um Drogenrausch.

Pilatus fing an zu lachen. «Das müsst ihr euch unbedingt anschauen. Es ist zu komisch – aber damals war es mir ernst.»

«Schaust du dir gerade deine Fliegenpilzgeschichte an?», fragte Jehuda.

«Ja, ich versuche gerade meiner geliebten Frau und meinem Schwager vorzuführen, wie Visionen zustande kommen.»

Die drei schmunzelten beim Gedanken an das, was sie gleich sehen würden.

In Raum und Zeit hatte Pilatus gewusst, dass der moderate Genuss des Fliegenpilzes *Amanita Muscaria* Visionen auslöste, bei zu hoher Konzentration jedoch zum Tod führte. In jungen Jahren war er durch einen germanischen Schamanen durch Meditation unter Einnahme eines Fliegenpilztränkleins in das Fliegen in geistige Welten eingeführt worden. Darum nannten die Germanen ihren Halluzinogenpilz übrigens auch Fliegenpilz. In Judäa war Pilatus diesem Pilz mehrmals begegnet. Bestimmt hatten die Christusgläubigen Kenntnis von solchen halluzinogenen Tränklein. Jeschua war schliesslich ein ganz besonderer Schamane. Berichte über Verklärungen, Engels- und Prophetenerscheinungen bei Jeschua erinnerten ihn stark an die Meditationserlebnisse mit dem germanischen Schamanen. Dass Claudia und Valerius Visionen des auferstandenen Jeschua gehabt hatten, war somit erklärbar. Jemand musste seiner Gemahlin und dem Hauptmann von Kapernaum insgeheim einige Tropfen eines *Amanita-Muscaria-Elixiers* ins Essen gemischt haben. Und da die beiden vor und nach der Kreuzigung gleichsam meditativ dauernd an Jeschua gedacht hatten, war durch die Kombination von Meditation und Halluzinationstropfen die Jeschuavision zustande gekommen. Pilatus war ein Mann der Beweise.

Jehuda hielt sich den Bauch vor Lachen. «Das seht ihr, was der wissenschaftliche Verstand des Statthalters für einen Beweis antritt. Pilatus, nimm es mir nicht übel, aber es ist einfach zu komisch.» Er wischte sich die Lachtränen aus den Augen. «Seht nur, wie er an dem Fliegenpilz riecht, ihn liebevoll in Stücke schneidet und über dem Feuer in Rotwein zum Brutzeln bringt.»

Vor den Augen Claudias, Valerius' und Benjamins genehmigte sich Pilatus in kleinen Schlucken sein Fliegenpilzträglein. Er rümpfte die Nase. «Schmeckt gar nicht übel», behauptete er.

«Schlechter Lügner», lachte Jeschua.

«In der Tat, das Fliegenpilzsüppchen schmeckte scheusslich. Da lobe ich mir meinen Wein aus *Aventicum*.»

«Du siehst echt gut aus in deinem meditativen Schneidersitz», spottete Jehuda gutmütig.

In meditativer Haltung stellte sich Pilatus im Zeitraum den Heiler vor und wartete auf die entsprechende Vision. Zuerst geschah gar nichts...

«Ich weiss schon, was kommt», lachte Pilatus.

«Oh, du krümmst dich.»

«Ich bekam furchtbare Bauchkrämpfe und einen Brummschädel.» Auf einmal schoss er begeistert hoch. «Da, schaut nur, es hat ja tatsächlich gewirkt! Neben mir steht Jeschua und schaut mich voller Mitleid an.»

«Aber gesehen hast du mich damals trotzdem nicht. Kein einziges Mal!»

«Damals nicht, aber nicht einfach nie. Als du anfingst, mich zu verfolgen, da habe ich dich ganz deutlich gesehen, Tag und Nacht, vor allem in der Nacht.»

«Das war nicht wirklich ich; das war der Aufruhr deiner Seele.»

Jehuda hob mahnend den Finger. «Du stehst hier als Ausdruck all der vielen Menschen, die sich die grösste Mühe geben, das Göttliche nicht in ihr Leben treten zu lassen. Sie riskieren lieber ihr Leben, als sich voll Vertrauen dem Göttlichen zuzuwenden. Bei einer falschen Dosierung hättest du sterben können.»

«Claudia massiert mir den Bauch. Ich stöhne. Aber was macht Valerius? Das habe ich vergessen. Was flösst er mir ein?»

«Das ist lauwarme Schafsmilch, um dich brechen zu machen», rief ihm Jeschua in Erinnerung.

«Wer das Göttliche von sich stösst, dessen Seele beginnt sich zu krümmen, zu winden und zu kotzen. Du kannst dir dann spätere Jahrhunderte anschauen, in denen der Gott der Marktwirtschaft und nicht der Gott der Liebe die Macht übernimmt. Und dann wirst du sehen, wie sie sich winden und um sich selber drehen. Ich werde dir das Theater der Helvetier mit dem Rahmenabkommen vorführen und das Westminster-Brexittheater. Diese Briten und Helvetier winden sich in Agonie.»

«Was meinst du mit späteren Jahrhunderten? Hat nicht auch bei uns Römern der Gott Marktwirtschaft das Sagen? Sklaven sind bei Römern keine Menschen, sie sind eine Ware.»

«Verglichen mit dem, was in Raum und Zeit noch kommen wird, seid ihr Römer blutige Anfänger.»

«Und warum greift ihr von ausserhalb von Raum und Zeit nicht ein?»

«Wir greifen dauernd ein. Deshalb spielen wir das, was in Raum und Zeit Vergangenheit ist, immer wieder durch und schauen, wo wir unseren Einfluss geltend machen können, um das Ganze zu verändern.»

«Aber warum macht ihr das nicht so wie bei jenem – wie heisst er? Jenem, der da so ähnlich ist wie ich, mit scharfem Verstand, römisch-jüdisch-griechischem Verstand? Botschafter habt ihr ihn genannt, Botschafter Gottes, Apostel.»

«Ah, du meinst den Apostel Paulus.»

«Genau den meine ich. Du hast gesagt, dass deine göttliche Energie Menschen töten würde, wenn du sie ohne besondere Schutzmassnahmen berühren würdest. Bei diesem Saulus-Paulus hast du deine Energie heruntergefahren, aber noch so hat sie ihn vom hohen Ross geschleudert und vorübergehend erblinden lassen. Warum tust du das nicht auch in den erwähnten sogenannt künftigen Jahrhunderten?»

«Oh, die Menschen werden in der Tat von einem sehr hohen Ross herunterkommen. Den Sturz werden sie sich sogar selber organisieren. Sie sind schon dran. Aber du musst verstehen, dass selbst eine göttliche Berührung ihre Gesetzmässigkeiten hat. Göttliche Berührungen sind stets ein Zusammenwirken von Gott und Mensch. Sagt dir der Name Stephanus etwas? Stephanus und Paulus sind durch ein besonderes Geheimnis miteinander verbunden.»

«Stephanus...? War das nicht dieser Mordfall zu meiner Zeit als Statthalter in Judäa? War er nicht einer deiner treuen Anhänger, den sie nicht vor meinen Richterstuhl gebracht, sondern gleich selber zu Tode gesteinigt haben?»

«Richtig, von diesem Stephanus spreche ich. Saulus hat sich an der Steinigung beteiligt. Sterbend hat Stephanus gerufen: 'Herr, rechne ihnen diese Sünde nicht zu', und er hat dabei ganz besonders an Saulus gedacht. Vergebung ist einer der Kanäle, durch die ich die transformierte göttliche Energie fliessen lassen kann. Dank Stephanus habe ich Saulus-Paulus von seinem Pferd werfen können.»

«Und Saulus hat dich gesehen, als er vom hohen Ross fiel?»

«Ja, Paulus hat mich gesehen in der Gestalt von Licht, und er hat meine Stimme gehört. Das war sein Auferstehungserlebnis.»

Pilatus hatte während dieses wichtigen Gesprächs immer wieder einen Blick auf die Szene geworfen, in der er sich bei seinem Fliegenpilzexperiment beobachten konnte.

«Ich sehe dich neben Claudia und Valerius stehen», stellte er fest. «Haben die beiden dich bei meiner Fliegenpilzmeditation gesehen?»

«Ja, das haben sie.»

«Aber warum habe ich dich damals nicht gesehen?»

«Weil du mich nicht wirklich sehen wolltest, trotz der Fliegenpilze. Ich bin bei anderer Gelegenheit zu dir gekommen, aber du hast mich nicht erkannt. Claudia hat dir erzählt, wie das war, als ich ihr zum ersten Mal begegnete.»

«Ja, sie hat im Garten Blumen gepflückt, und auf einmal stand ein Gärtner vor ihr, ein Gärtner wie bei Maria Magdalena, aber nicht unser üblicher Gärtner, ein ganz anderer Gärtner. Sie hat dich sofort erkannt. Zu mir bist du nie als Gärtner gekommen.»

«Pontius, du interessierst dich doch gar nicht für Gärten und Blumen.»

«Halt, halt, ich interessiere mich für Weinbau. Weinberge sind auch Gärten.»

«Für dich sind sie im Gegensatz zu Claudia nicht das Mysterium des Lebens. Für dich sind Weinberge Geld und Handel. Du interessierst dich für Marktwirtschaft, Waffen und Soldaten. Und unter den Soldaten gibt es nicht viele, die sich mit dem jüdischen

Glauben auskennen. Zu dir konnte ich nicht als Gärtner kommen. Du warst zutiefst erschüttert und durcheinander, weil du mich hast hinrichten lassen. Nicht einmal Claudia konnte dir helfen. Doch da ist dieser Soldat gekommen, den du vorher noch nie gesehen hattest... »

«Ach, das warst du. Der Soldat hat gesagt: Nach den jüdischen Schriften musste der Knecht Gottes solches leiden. Und er hat wie ein frommer Jude zitiert: *Wahrlich, unsere Krankheiten hat er getragen und unsere Schmerzen auf sich geladen; wir aber wähnten, er sei gestraft, von Gott geschlagen und geplagt. Und er war doch durchbohrt um unserer Sünden, zerschlagen um unserer Verschuldungen willen; die Strafe lag auf ihm zu unserem Heil und durch seine Wunden sind wir genesen.* Dieser fast jüdische Soldat warst also du. Mein Herz hat gebrannt, aber ich habe dich nicht erkannt.»

«Du bist nicht der einzige, der mich nicht sieht. Ich begegne den Menschen vor allem in den Menschen, denen sie begegnen, auch durch solche, die sie nicht sehen wollen. Verstandesmenschen mögen das richtig sehen, dass meine Flucht vor Herodes nach Ägypten ein Mythos ist, aber die Fluchtgeschichte ist trotzdem wahr. Ich bin ein Flüchtling und bleibe ein Flüchtling. Wer Flüchtlinge im Meer ertrinken lässt, hat einmal mehr mich ermordet. Erinnerst du dich, dass du in Jerusalem vor Gericht gesagt hast, ich solle dir die richtigen Antworten geben, du wollest mich nicht verurteilen?»

«Ich erinnere mich. Muss ich mir diese Szene noch einmal anschauen?»

«Nein, musst du nicht. Etwas ganz anderes wird jetzt von dir erwartet. Jetzt ist es an dir, die richtige Antwort zu geben. Erhebe dich.»

Pontius erhob sich. Er stand vor dem Gottgleichen. «Mir wird fast bange, ich kenne ja die Frage nicht.»

«Es ist die Frage, die Menschen bewegt, seit es denkende und fragende Menschen gibt. Eine Frage, die sie zu zerreissen droht; eine Frage, die sie von Gott nie erwarten würden.»

Pilatus blickte unsicher von Jeschua zu Jehuda und von Jehuda zu Jeschua. Was mochte das für eine Frage sein, die er, für die ganze Menschheit stehend, richtig zu beantworten hatte?

Jehuda nickte ihm ermutigend zu.

«Aurelius Pontius Pilatus», sprach der Gottgleiche feierlich, «ein ganzes Universum zu erschaffen, in dem sich alles und alle, belebte und unbelebte Natur, sichtbare und unsichtbare Mächte für die Liebe entscheiden sollen, ist ein gewaltiger göttlicher Akt. Im Gott-Alles-in-Allem, wo Vergangenheit, Gegenwart und Zukunft eins sind, sieht es aus, als ob Gott einfach ein Wort gesprochen hätte, und schon war alles da. *Es werde Licht, und es ward Licht. Es werde eine Erde, und es ward eine Erde. Es sollen Lichter am Himmel werden, und es wurden Lichter am Himmel, es sollen Tiere und Pflanzen werden, und es wurden Tiere und Pflanzen. Es werde der Mensch, und es wurde der Mensch.* In Raum und Zeit ist das anders. Gott ist kein Zauberer, Gott ist Entwicklung, Gott ist Leben. ER ist in mir und ich in IHM. Gott ist Beziehung. Du hast die Sphärenmusik gehört. Gott ist Musik, Gott ist Gesang, Gott ist Tanz: der Tanz des Makrokosmos, der Tanz des Mikrokosmos, der Tanz der Galaxien, der Tanz der Sterne und Planeten, der Tanz der Moleküle, der Tanz der Neutronen, der Tanz der Atome, der Tanz des Wassers von der Erde zum Himmel und vom Himmel zur Erde, der Tanz von Ebbe und Flut, der Tanz des Blutkreislaufs, der Tanz von Einatmen und Ausatmen, der Tanz von Mann und Frau, der Tanz von Werden und Vergehen, der Tanz von allem mit allem und in allem, der Tanz von dir in mir und ich in dir und wir in ihm. Gott ist Liebe.»

Die Liebe, mit der Jeschua Pilatus anblickte, wurde mit jedem Wort stärker. «Pontius Pilatus, wir kommen zu dem Prozess in der Zitadelle von Jerusalem, auch er ein Tanz, ein Dreiertanz mit dem Hohepriester, dir und mir. Du wolltest in diesem Tanz die Führung übernehmen, nicht wahr. Das musstest du, du warst ja der Statthalter.»

Pilatus bewegte den Kopf hin und her und her und hin, was sowohl ein Ja als auch ein Nein bedeuteten konnte. Wer hatte im Kreuzigungsprozess wirklich die Führung übernommen?

Jeschua lächelte; er verstand die Ja-Nein-Bewegung des Kopfes sehr wohl. «Du hattest den Eindruck, in diesem Bluttanz habe der Hohepriester die Führung übernommen. Das hatte er aber nicht. Die Führung hatte ich. Ich habe den Prozess geleitet. Das Opfer durfte nicht verhindert werden. Dass im Gott-Alles-in-Allem die Sünde getilgt werden und die Liebe wirken kann, das erfordert spirituelle Prozesse, welche für Menschen nicht zu verstehen sind. Alles, was an dem Prozess im Hof der Zitadelle geschah, war mein Tun...»

Pilatus starrte den Gottgleichen mit offenem Mund ungläubig an. Der ganze Prozess in Jerusalem war das Tun des Gottgleichen gewesen? «Dein Tun?», stammelte er.

Der Gottgleiche fuhr dem fassungslos Staunenden mit der Hand sanft über das Haupt. «Ich musste das Leiden auf mich nehmen, um dem, was ihr Evolution nennt, eine neue Richtung zu geben. In Zeit und Raum lebend hast du deswegen jahrelang gelitten. Und jetzt kommt die Frage, auf welche du die richtige Antwort geben wirst. Die Frage wird so gewaltig sein, dass bei der richtigen Antwort im Himmel eine grosse Stille eintreten wird, zwei Ewigkeitssekunden lang. Gott fragt dich, Pontius Pilatus – und in dir fragt Gott die ganze Menschheit –: Kannst du mir – könnt ihr mir – verzeihen für das, was ihr nie verstanden habt, unmöglich habt verstehen können? Könnt ihr mir das viele Leiden und Leid der Unschuldigen verzeihen? Pontius Pilatus, kannst du das?»

Pontius Pilatus kamen die Tränen – heilige Tränen. «Mein Herr und mein Gott», antwortete er tief bewegt, «ich verzeihe dir von ganzem Herzen.»

Auf die Antwort des Pilatus trat eine grosse Himmelsstille ein, eine Stille des Staunens, auf der Erde zweitausend Jahre lang.

Nach zweitausend Jahren war es Jehuda, der das Wort ergriff: «Und was ist mit meiner Verräterschuld, meiner grossen Schuld, die mich zu dem Baum getrieben hat, als ich mir das Leben nahm? Was ist mit der Schuld des Kajaphas? Was mit der Verleugnerschuld des Petrus? Was mit der Schuld der ganzen Menschheit? Warum sollen sündige Menschen, die dauernd so viel Schuld auf sich laden, dem grossen Gott etwas vergeben müssen?»

«Gute Frage», sprach der Gottgleiche. «Die Judasschuld, Petrusschuld, Kajaphasschuld und Pilatusschuld, die Schuld aller Menschen ist real. Jahrhundertelang haben Juden, Christen, Muslime – und Menschen überhaupt – ihre grosse Schuld bekannt, mit Recht, und Gott hat ihnen vergeben. Er hat auch dir, Jehuda, vergeben. Doch in dem Raum und in der Zeit, welche Menschen das einundzwanzigste Jahrhundert nennen, hat Gott die Erkenntnis wachsen lassen, dass auch ER Schuld trägt. Denk an den Blindgeborenen, dem ich einen Teig auf die Augen legte mit der Aufforderung, diesen am Teich Siloah wegzuwaschen. Als er das tat, wurde er sehend. Schon damals hast du, Jehuda, und haben die anderen Jünger, gefragt: Wer hat gesündigt, der Blinde oder seine Eltern, dass er so geboren wurde?»

«Ich erinnere mich.»

«Und was habe ich geantwortet?»

«Du hast gesagt: Weder er noch seine Eltern haben gesündigt, sondern das Werk Gottes soll an ihm offenbar werden.»

«Es war also Gottes Tun, mein Tun, dass er blind auf die Welt gekommen ist. Ich bitte die Menschheit um Verzeihung. Ich bitte die ganze Schöpfung um Verzeihung. Das Leben, das ich euch schenke, ist nicht immer wunderbar; es ist in Raum und Zeit oft sehr ungerecht. Ich bin das Leben. Ich bin in den Raum und in die Zeit eingetreten und teile das Leben und die Ungerechtigkeit. Am Kreuz haben wir beide, ich, aber auch du, Pilatus, gelitten, und deshalb bist du, Pilatus, ein Heiliger.»

Pilatus war dankbar, dass Jehuda die Frage nach der Theodizee gestellt hatte. Doch etwas war ihm immer noch nicht klar, ganz und gar nicht klar. Eine neue schreckliche Ungerechtigkeit hatte sich vor ihm aufgetan. Er runzelte die Stirn.

Jeschua lächelte: «Pontius, ich kenne deine Gedanken. Du willst wissen, warum du als Heiliger kanonisiert worden bist – in der koptischen Kirche – und Jehuda nicht.»

«Das ist in der Tat meine Frage, schliesslich haben er und ich grosses Leid über dich gebracht, und beide haben wir Hand an uns gelegt. Aber nur ich gelte als Heiliger! Warum Jehuda nicht?» Er schaute Jehuda mitfühlend an – und staunte. «Warum lächelt Jehuda so verschmitzt?»

«Er lächelt verschmitzt, weil er es schon besser als du gewohnt ist, in der Dimension Gott-Alles-in-Allem Vergangenheit, Gegenwart und Zukunft ineinander und miteinander zu sehen... Lieber Aurelius Pontius Pilatus, du bist nicht der einzige heilige Selbstmörder in der Geschichte der Menschheit. Jehuda ist genauso ein kanonisierter Heiliger wie du.»

«Auch er ist ein Heiliger?»

Jeschua zeigte in den Zeitraum.

Pilatus sah eine erhabene Szene. Das war ja Rom, sein Rom, und doch ganz anders. Hunderte von Frauen und Männern in feierlichen bunten römischen Gewändern vereint in einer vom Fernsehen in alle Welt übertragenen Zeremonie. Er hörte das mächtige Brausen der Orgel und sah ganze Wolken von Weihrauch aufsteigen. Erinnerungen wurden in ihm wach. «Sind das Gladiatorenkämpfe?», fragte er.

Jeschua und Jehuda lachten schallend. «Gewänder, Orgelspiel und Weihrauch erinnern in der Tat an den Einzug der Gladiatoren. Aber was du siehst, ist die Päpstin Clara Franzisca II mit Kardinälinnen und Kardinälen, Bischöfinnen und Bischöfen, Priesterinnen und Priestern beim Jehuda-Heiligsprechungsgottesdienst.»

Pilatus, der nie etwas von Päpsten und Kardinälen gewusst hatte, schaute interessiert auf die Päpstin Carla Franzisca... Kirche, Mittelalter, Renaissance, Reformation, Aufklärung, französische Revolution, Kolonialismus, industrielle Revolution, Hiroshima, digitales Zeitalter, künstliche Intelligenz, so viel Neues stürmte auf ihn ein.

Die Päpstin erhob die Arme und sprach feierlich:

Zu Ehren der allerheiligsten Dreifaltigkeit, zum Ruhm des katholischen Glaubens und zur Förderung des christlichen Lebens entscheiden wir nach reiflicher Überlegung und Anrufung der göttlichen Hilfe, dem Rat vieler unserer Brüder und Schwestern folgend, kraft der Autorität unseres Herrn Jesus Christus, der heiligen Apostel Petrus und Paulus, der heiligen Apostelin Maria Magdalena, und in der Vollmacht des uns übertragenen Amtes, dass der selige Jehuda ein Heiliger ist. Wir nehmen ihn in das Verzeichnis der Heiligen auf und bestimmen, dass er in der gesamten Kirche als Heiliger verehrt wird. Im Namen des Vaters und des Sohnes und des Heiligen Geistes.

Pilatus lernte schnell. Was mit der allerheiligsten Dreifaltigkeit gemeint war, begriff er schon in dem Augenblick, als er diesen Ausdruck von der Päpstin hörte, Die Dreieinigkeit gehörte zum Tanz im Gott-Alles-in-Allem. Jehuda nahm in dem Universumstanz eine hervorragende Stellung ein. Die Heiligen tanzten mit, auch er und Jehuda tanzten mit.

«Ich verstehe!», jauchzte er. «Gratuliere!» Er fiel dem heiligen Jehuda begeistert um den Hals. Er fasste Jeschua und Jehuda an der Hand und machte mit ihnen einen *Urbi-et-Orbi-Tanz*. Er tanzte um den blauen Planeten und um die Stadt. Rom sah freilich ganz anders aus als zu seiner Zeit. Gerade wollte er auf das antike Rom umschalten, als ihn die Stimme des Gottgleichen aus Rom zurückholte.

«Aurelius Pontius Pilatus, auf dich warten wichtige Arbeiten. Im Gott-Alles-in-Allem sitzen wir nicht einfach Harfe spielend auf Wolken. Es ist unsere Aufgabe, Zeit und Raum ihrer Vollendung entgegenzuführen. Jehuda hat seine Arbeit bereits angetreten.»

«Tatsächlich? Wofür ist er denn verantwortlich?» Neugierig blickte Pilatus den Heiligen an.

Jehuda strahlte. «Gott hat grosses Vertrauen in mich. Meine Aufgabe besteht darin, Gottwidriges in etwas verwandeln zu helfen, das den Plänen Gottes dient.»

Pilatus überlegte. Vor ihm stand der Mann, der Jeschua für dreissig Silberlinge verraten hatte. Seine Aufgabe musste etwas mit dem Verrat zu tun haben. «Ist es deine Aufgabe, zum Beispiel aus Verrat eine Verheissung Gottes zu machen?»

«Gut geraten. Dafür bin ich zuständig. Ich bin unter anderem für den Verräter Nero zuständig.»

Pilatus schauderte. «Als dieses Scheusal Kaiser wurde, war ich zum Glück schon in Helvetien.»

«Das ändert nichts daran, dass er dein Kaiser war, und als Kaiser hat er dich sehr gefördert. Er hat deinen Strassenbau in Helvetien und deine Bauten in *Aventicum* finanziert», meinte Jehuda. «Seine Mutter war die Tochter von Kaiser Caligula. Bei der Geburt von Nero gab es Probleme. Er kam in Steisslage mit den Füssen voran auf die Welt. Steisskinder haben ein schwierigeres Schicksal als Kopfkinder. Und das hat nichts mit Gott zu tun. Steisskinder sind sehr liebesbedürftig. Nero war ein liebes, intelligentes, folgsames Kind, voll und ganz auf seine Mutter ausgerichtet. Die Mutter erzog ihn buchstäblich Tag und Nacht. Selbst als Jüngling musste er das Lager mit ihr teilen. Sie liess ihn von den besten Philosophen, Dichtern und Musikern unterrichten. Er spielte mehrere Instrumente. Als Kind träumte er davon, Schauspieler,

Musiker oder Dichter zu werden. Die Kaiserstochter hatte jedoch für ihren Sohn hochfliegendere Pläne: Sie wollte die Mutter eines Mannes sein, der die Welt regierte. In der Thronfolge stand Nero allerdings an der untersten Stelle. Durch Intrigen seiner Mutter, die vor Mordaufträgen nicht zurückschreckte, wurde der Sohn in der Thronfolge an die oberste Stelle geschoben. Ursprünglich war er ein gütiger, empfindsamer, grundehrlicher junger Mann. In seinen ersten Tagen als Kaiser brach er in Tränen aus, wenn er ein Todesurteil unterschreiben musste und rief aus: 'Oh, wenn ich doch bloss nicht schreiben könnte!'»

Jehuda hatte sich in Eifer geredet und war kaum mehr zu bremsen. «Stell dir vor, was für ein edler Mensch er hätte werden können, wenn er nicht Kaiser geworden wäre.»

Pilatus nickte. «Ich kenne auch einen Mann, der ein edler Mensch hätte sein können, wenn er nicht Statthalter in Judäa geworden wäre.»

Jehuda ging auf diese Bemerkung nicht ein, sondern fuhr fort: «Nero hatte eine Menge Anwärter auf die Macht, welche ihm den Thron streitig machen wollten. Ganz besonders gefährdet war sein Überleben als Kaiser, als im Jahr 64 nach Jeschua die Stadt Rom in Flammen aufging. Seine Feinde verbreiteten das Gerücht, der Kaiser selber habe den Brand gelegt, um ein neues schöneres Rom aufbauen zu können. Das war natürlich Unsinn, er wäre bei dem Brand beinahe selber umgekommen, doch das Volk glaubte den Gerüchten umso mehr, als der tatkräftige Kaiser sofort nach der Katastrophe den Wiederaufbau der Stadt veranlasste. Er erhöhte die Steuern, was das Volk in Wut versetzte. Es kam zu Aufruhr und Umsturzversuchen. Nero musste einen Sündenbock finden. Und da kamen ihm die Christen gerade recht. Die Verfolgungen hatten nichts mit dem Willen Gottes zu tun, doch als sie ausbrachen, mussten sie in seine grossen Liebesabsichten eingebaut werden. Nero beschuldigte die Christen, den Brand gelegt zu haben. Er liess sie blutig verfolgen. Dadurch geriet er an den Rand des Wahnsinns. Seine absurden sexuellen Praktiken übertrafen alles, was man im sexuell freizügigen Rom gekannt hatte. Es genügte ihm nicht mehr, Kaiser zu sein, er fühlte sich als der grösste Schauspieler aller Zeiten, der überzeugt war, mit seiner Schauspielerei das Volk auf seine Seite ziehen zu können. Er trat öffentlich im Kolosseum in weiblichen Rollen auf. Personen, die vor Langeweile über seine Schauspielerei einschliefen, liess er hinrichten. Christen wurden öffentlich verbrannt, gekreuzigt oder in der Arena den wilden Tieren zum Frass vorgeworfen. Während die hungrigen Tiere über die Christen herfielen, spielte der Kaiser höchstpersönlich die Kolosseumswasserorgel. Es war meine Aufgabe mitzuwirken, dass die damals gewaltlosen Christen nicht verschwanden, sondern sich durch die Verfolgungen erst recht ausbreiteten.»

«Und das brachte Gott nicht allein zustande? Dazu brauchte er den Verräter Jehuda?»

«Jetzt sprichst du, obwohl Römer, fast wie ein Jude. Der eine und einzige Gott, der alles tut. Gott-Alles-in-Allem ist der eine Gott in einer Vielheit. *Es gibt für uns nur einen Gott, den Vater, von dem alle Dinge sind und wir auf ihn hin, und einen Herrn Jeschua Christos, durch den alle Dinge sind und wir durch ihn.* Gott ist alles in allem, er in uns und wir in ihm – der Gottestanz. Es ist ein gemeinsames göttliches Wirken. Selbst das, was wir falsch oder verkehrt gemacht haben, dient Gott-Alles-in-Allem. Mein Verrat ist zu meinem Segenskapital geworden.»

Pilatus war beeindruckt. «Toll, wie ihr das, vom Gott-Alles-in-Allem aus, in Raum und Zeit so gut hinbekommen habt. Dass die Christen sich im ganzen Imperium trotz Verfolgungen gewaltlos und rasch ausbreiteten, habe auch ich bald einmal erfahren. Ich bin diesen Christen sogar in Helvetien begegnet. Es ist das Pilatuslied der Helvetier, das mich voll und ganz in den Wahnsinn getrieben hat. In Trauer und Verzweiflung bin ich auf den Berg hinaufgestürmt und...»

Pilatus konnte seinen Satz nicht vollenden. Er wurde unterbrochen durch eine Taube, die wie aus dem Nichts angeflogen kam und sich zutraulich auf seine Schulter setzte. Sie gurrte sanft und strich mit ihren Flügeln liebevoll über seinen Kopf. Er war nicht einmal besonders verwundert über das, was ihm geschah. Es war wie selbstverständlich; es musste so sein. Durch die sanfte Berührung seines Kopfes – eines Kopfes mit scharfen Römerverstand – war wieder eine Erinnerung wach geworden, schmerzhaft, aber nicht als Schmerz für ihn selber, sondern als Schmerz für einen andern.

«Mir tut der Pater Familias leid», sagte er. «Ich war sein Opfer, aber er selber war ja auch das Opfer seines Vaters, und er war ein Römer, wie Römer nun einmal sind. Mir tut er leid.» Wehmütig brach er ein Zweiglein von einem Baum. Er streckte das Zweiglein der Taube entgegen. Diese ergriff es mit dem Schnabel und flog davon.

«Sie bringt es in die Einöde, die sich der Pater Familias gebaut hat. Zum ersten Mal sieht er wieder etwas Grünes und wird ein bisschen anders, als er war. Erinnere dich an Stephanus und Paulus. Durch die Vergebung des Stephanus ist Paulus berührt worden. Du hast soeben den Pater Familias berührt. Die Vergebung ist Teil des göttlichen Tanzes.»

«Was ist mit der Taube?»

«Auch sie ist Teil des göttlichen Tanzes. Sie tritt immer vor grossen Aufgaben in Erscheinung. Dir fallen zwei grosse Aufgaben zu, die sich aus deinem Leben in Raum und Zeit ergeben: Mythos und Geschichte. Das Lied der Helvetier, das du bei deinem *Lucerna*-Turm gehört hast, *Gekreuzigt unter Pontius Pilatus*, aber auch der Berg Pilatus, auf dem du deinem Erdenleben ein Ende gesetzt hast, beides wird zu deinem Aufgabenbereich gehören. Die eine Aufgabe hast du bereits angepackt, allerdings ohne es zu wissen. *Gekreuzigt unter Pontius Pilatus* steht für alle Zeiten im Bekenntnis derjenigen Menschen, die sich nach meinem Namen nennen. Vieles, das zu einem lebendigen Glauben gehört, übersteigt den menschlichen Verstand; es kann nur poetisch und mythologisch verstanden werden. Aber der Glaube kann nur tragen, wenn er geerdet ist und also in der Geschichte der Menschheit wurzelt. *Gekreuzigt unter Pontius Pilatus* will sagen, dass der grosse Eingriff von Gott-Alles-in-Allem sich nicht im luftleeren Raum, sondern in der Geschichte zugetragen hat. *Gekreuzigt unter Pontius Pilatus* ist römische Geschichte. Der Berg dagegen ist Mythos – aber Mythos ist genauso wichtig wie Geschichte.»

Jeschua blickte Pilatus mit grossem Ernst an. «Ich werde dich jetzt zu deiner mythischen Arbeit bevollmächtigen. Bist du bereit?»

«Ich bin bereit.»

«Fokussiere aus allem, was du von hier aus siehst, den Blick auf deinen mächtigen Berg, vor dem sich Menschen jahrhundertelang gefürchtet haben.»

Vor seinen Augen schien der mächtige mehrzackige Felsenberg gleichsam aus dem Blau des Vierwaldstättersees und dem zarten Frühlingsgrün der Wiesen und Wälder herauszuwachsen, die obersten Felsenkanten mit Schnee bedeckt.

«Siehst du den Esel?»

«Meinst du den eselkopfförmigen Felsen auf der Ostflanke meines Bergs?»

«Woran erinnert er dich?»

«An den Beginn unseres gemeinsamen Kreuzigungsdramas, an deinen messianischen Einzug in Jerusalem. Eindrücklich, diese Symbolik.»

«Im Gott-Alles-in-Allem haben wir an alles gedacht. Siehst du den Pilatussee?»

«Ich sehe dort, wo mein Todessee lag, eine Moorlandschaft mit einem Kinderspielplatz.»

«Die Idee für einen Kinderspielplatz hat die heilige Claudia Procula, deine liebe Frau, dem Fremdenverkehrsverein eingegeben.»

«Claudia und ich haben uns immer Kinder gewünscht.»

«Jetzt habt ihr tausende. Der Spielplatz ist von einer Zwischenstation der Gondelbahn erreichbar. Siehst du die Gondelbahn?»

«Ich sehe die Gondelbahn und auf der anderen Seite die Zahnradbahn, und ich höre die chinesischen und indischen Touristen. Ich kann sie sogar verstehen. Ihr Tourist Guide erzählt ihnen gerade von mir.»

«Und jetzt schau deinen berühmten Berg liebevoll an.»

«Ein eindrücklicher, die umliegenden Berge überragender Felsen. Ich liebe ihn.»

«Und jetzt fassen wir einander an den Händen und segnen deinen Berg.»

Jeschua, Jehuda und Pilatus fassten sich an den Händen und hielten sie segnend über den Berg.

Eine chinesische Touristin streckte den Kopf aus dem Fenster der Zahnradbahn.

«So steil!», staunte sie, «und wir stürzen nicht einmal ab. Dass die Bahn das schafft!» Ihr Blick glitt den steilen Gleisen entlang weiter nach oben bis in den Himmel. «Oh, ich sehe über dem Gipfel drei ineinander verschlungene Wolken. Ich habe noch nie eine so wohltuende Wolkenformation gesehen!»

Ihre Begeisterung wirkte ansteckend. An den Fenstern drängten und stiessen sich weisse, gelbe, braune und tiefdunkle Männer, Frauen und Kinder, Japanerinnen mit Mundschutz, schwarzverschleierte Saudiaraberinnen sowie dicke Amerikaner in kurzen Hosen. Fotoapparate klickten, Kameras surrten, ein fröhliches babylonisches Palaver stieg zu den Wolken empor:

Mooie wolken! Smukke skyer! Beaux nuages! Szeép felhök! Wonderful clouds! Güzel bulutlar! Liljepi oblaci! Belas nuvens!

Aus dem Lautsprecher erklang eine freundliche Stimme: «Ladies and gentlemen, der mystische Berg Pilatus heisst Sie willkommen.»

Nachwort

In den Kirchen westlicher Tradition, bei Katholiken und Protestanten, ist Pontius Pilatus der Christusmörder. Der lateinische Kirchenvater Tertullian, der im 2. Jahrhundert lebte, kennt eine völlig andere Pilatus-Tradition. Nach ihm war Pilatus bereits beim Prozess gegen Christus ein geheimer Christusanhänger – ähnlich wie der Pharisäer Nikodemus – und liess sich später taufen. Diese Tradition lebt in der koptischen Kirche weiter, die Pilatus als Heiligen kanonisiert hat. Auch die Frau des Pilatus, Claudia Procula – ihr Name kommt im Neuen Testament nicht vor –, wurde in den Heiligenstand erhoben. Sie wird in der orthodoxen Kirche als Heilige verehrt.

Der Name des eindrücklichen Hausbergs von Luzern hat zu Legenden geführt. In England wird erzählt, Pilatus sei zur Strafe für den Justizmord an Jesus nach Helvetien verbannt worden und habe sich vor Verzweiflung über die von ihm angeordnete Kreuzigung Jesu von dem hohen Felsen, der heute Pilatus heisst, in einen Bergsee gestürzt. Nach einer bekannteren Legende wurde er dagegen in Rom hingerichtet. Sein Geist kam nicht zur Ruhe. Dort, wo der Tote begraben lag, ereigneten sich schreckliche Naturkatastrophen. Der Leichnam musste deshalb mehrmals umgebettet werden. Weder in Gallien noch am Genfersee kam er zu Ruhe. So wurde er schliesslich in den See unterhalb des Gipfels des Luzerner Hausbergs geworfen. Doch auch dort begann die Natur alsbald zu toben. Der Pilatus wurde zum verbotenen Berg, der nur mit besonderer Genehmigung des Rats von Luzern bestiegen werden durfte. Selbst als der Pilatusaberglaube bereits am Verklingen war, beschloss der Rat von Luzern, den kleinen Pilatussee abzusenken und zu einem Moor werden zu lassen. Das Moor am Pilatusberg heisst heute Drachenmoor. Das Drachenmoor liegt in der Nähe der Mittelstation Krienseregg der Panoramagondelbahn. Der Ausgangspunkt für die Gondelbahn ist

Kriens, die Talstation für die Zahnradbahn befindet sich in Alpnachstad.

Der Roman «Die letzten Stunden des Statthalters von Helvetien» ist ein Konglomerat von Legenden, Einblicken in den römischen Alltag, echten Zitaten von römischen Philosophen und Politikern sowie von Bibelauslegung. Der historische Pilatus hat nie in Helvetien gelebt. Der im Buch erwähnte berühmte Wasserturm von Luzern wurde im Mittelalter (1290) erbaut. Er ist das am meisten fotografierte Gebäude der Schweiz.

Das Neue Testament enthält keinerlei Hinweise auf eine allfällige verwandtschaftliche Beziehung zwischen Pilatus und dem Hauptmann von Kapernaum; das ist reine Fantasie. Anders ist es bei der Möglichkeit der Homosexualität des Hauptmanns. Das mag Spekulation sein, aber jedenfalls begründete Spekulation: Römer pflegten ihre Sklaven nicht wie Söhne zu behandeln.

Den Apostel Paulus habe ich nur am Rand erwähnt, beim Schreiben jedoch öfters an ihn gedacht. Für die thoragläubigen Juden war Sexualität eine Gabe Gottes, die in einer bestimmten Ordnung gelebt und genossen werden sollte. Für römische Männer dagegen war Sex eine billig gehandelte Ware, die ständig zur Verfügung stehen musste. Gleichgeschlechtlicher Sex war auch unter nicht homosexuellen Männern eine akzeptierte Abwechslung. Die griechische Sitte, dass in vornehmen Familien die Hauslehrer mit den heranwachsenden Söhnen sexuell verkehrten, wurde auch von Rom übernommen. Diese sexuellen Praktiken, die selbst uns befremden, konnten bei Paulus nur auf Entsetzen und Ablehnung stossen.

Pilatus bleibt trotz seiner Erwähnung im Neuen Testament und im Glaubensbekenntnis eine unbekannte Gestalt. Es war mir ein Anliegen, ihm durch meine Geschichte ein Gesicht zu geben und ihn erlebbar zu machen.

Begriffe

Bei Schrägdruck handelt es sich oft um Zitate aus der Antike

Kapitel 1

Aventicum	Avenches im Kanton Waadt
Tabernaculum	Zelt
Lavabrum	Badewanne
Mediolanum	Mailand
Vallis Poenina	Kanton Wallis
Adula Mons	Gotthard
Summus Poeninus	Simplon
Scalinea	Schöllenenschlucht
Rusa	der Fluss Reuss
Lucerna	Leuchte, Lampe (Luzern)
Claudia Procula	Die Frau des Statthalters wird im Neuen Testament erwähnt, jedoch ohne Namen. Ihr Name taucht erst in späteren Überlieferungen auf.
Lectus	Bett
Augusta Raurica	Augst im Kanton Baselland
Pater Familias	Familienoberhaupt
Ich will unverdünntes Tiberwasser saufen.	römischer Ausdruck, um einer Behauptung Nachdruck zu verleihen

Kapitel 4

Geld stinkt nicht.	eigentlich ein Wort von Kaiser Vespasian, als er das Sammeln von

	Harn mit einer Steuer belegte
Pedefaktur	Fussunternehmen

Kapitel 7

Saft der Reben duftet nach Nektar, Bier stinkt nach Bock.	das Urteil von Kaiser Julian über alemannisches Bier

Kapitel 8

Goi	jüdischer Ausdruck für einen Nicht-Juden
Onan	Daher kommt das Wort Onanie (vgl. 1. Mose 38,9-10).
Wenn einer bei einem Mann liegt wie bei einer Frau, ist das ein todeswürdiges Verbrechen.	3. Mose 20,13
Die Heilung des Knechts / Sohns des Hauptmanns von Kapernaum	Mt. 8,5-10; Luk. 7,1-10; Joh. 4,46-53

Kapitel 9

Intelligentia Secreta	vom Autor aus dem englischen Secret Intelligence Service abgeleiteter und latinisierter Geheimdienst

Kapitel 10

ab urbe condita	römische Zeitrechnung seit Gründung der Stadt Rom
Pax Romana	Pax Romana wird der über zweihun-

	dert Jahre dauernde römische hegemonische Zwangsfriede mit Stabilität des Reiches genannt. Pax Romana heisst jedoch nicht, dass es in dieser Zeit nicht Kriege und Aufstände gab.
Sanhedrin	Der Sanhedrin war die jüdische religiöse und politische Instanz und das oberste Gericht.
Ludus Latrunculorum	Römisches Schachspiel
Davids rotblondes Haar	1. Sam. 16,11
Aikana d'bashmaya	aramäisch für «dein Wille geschehe»
Dies irae	mittelalterliches Gedicht, als Lesung im katholischen Stundengebet am Tag von Allerseelen

Kapitel 11

Gott alles in allem	1. Kor. 15,28
Deine Liebe ist mir süsser als Frauenliebe.	2. Sam. 1,26
Mare Nostrum	Unser Meer. Das Mittelmeer lag mitten im römischen Reich, für die Römer war es «unser Meer».
Über fünfhundert Menschenbezeugen, den Auferstandenen gesehen zu haben.	1. Kor. 15,6
Worte der „Päpstin"	Aus der leicht abgeänderten Heiligsprechungsformel der katholischen Kirche
Nerozitat	Überliefert bei Plinius

Gott

Es gibt für uns nur einen Gott, den Vater, von dem alle Dinge sind und wir auf ihn hin, und einen Herrn Jeschua Christos, durch den alle Dinge sind und wir durch ihn. 1. Kor. 8,6

Esel

Esel heisst ein Felskopf über der Ostwand des Pilatus.